KB248284

칠링 이펙트

칠링 이펙트

무정영
장편소설

차
례

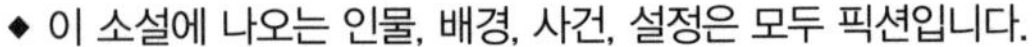

0. D-day

　드넓은 강철의 회색 지대를 둘러본 차동주는 벅차오르는 감정을 주체할 수 없었다.

　방금 전 준공식을 마치고 본격적인 공정에 들어선 영덕 제2공장은 태산자동차의 새로운 심장이라고 해도 과언이 아니었다. 임직원 3만 명이 하루에 5,000여 대의 자동차를 생산할 수 있는 이곳은 '아시아 최대 규모' 타이틀을 거머쥔 자동차 제조 공장이었다. 승용차는 물론 SUV부터 산업용 트럭에 이르기까지 모든 차종을 아우르는 강력한 생산 라인을 갖추고 있었다.

　정재계 인사들과 테이프 커팅식을 마친 차동주가 감격

할 수밖에 없는 이유는 또 있었다. 이곳은 부친이자 선대 회장인 차강태가 첫 삽을 뜨고 2대 회장인 차동주가 마무리한, 그야말로 그룹 차원의 대업이었다. 차강태는 지병 악화로 눈을 감기 직전까지도 영덕 공장 준공에 사력을 다하라고 강조했을 정도였다.

'아버지, 이제 마음 편히 쉬세요. 태산자동차는 한국을 넘어 세계를 넘보는 글로벌 회사로 거듭날 겁니다……!'

차동주.

그는 불과 쉰의 나이에 국내 재계 서열 3위인 태산자동차의 회장 자리에 오른 재벌 2세 경영인이었다. 3년 전 부친 차강태가 임종하자 태산자동차 이사회는 만장일치로 차동주 부회장을 회장으로 추대했다. 차강태의 독자였던 덕분에 그는 여느 재벌가처럼 처절한 권력 다툼 없이 손쉽게 태산자동차를 접수할 수 있었다. 날 적에도 '금수저'를 물고 태어난 것은 물론 이후의 삶도 말 그대로 탄탄대로였던 것이다.

'다들 두고 보라지. 이 차동주의 능력을 모두에게 입증해 보일 테니!'

남부러울 것 없던 차동주에게도 말 못 할 고민이 있었다. 그건 세간의 따가운 눈총이었다. 그에게는 '운 좋은 금수저'라는 수식어가 항상 따라붙곤 했다. 아버지를 잘 만나 능력도 없이 태산자동차 회장에 취임했다는, 비아냥거림이 다분한 평가였다. 영덕 제2공장은 이러한 시선을 180도 뒤바꿀 카드라고 그는 확신했다.

"세연아. 너, 여기까지 와서도 이럴래?"

차동주는 테이프 커팅식을 할 때부터 줄곧 우거지상을 하고 있는 딸에게 쓴소리를 했다. 차세연의 뚱한 표정이 자칫 언론의 카메라에 포착될까 우려돼 신신당부했건만 허사였다.

'이럴 줄 알았으면 데려오지 말 걸 그랬나……'

하나뿐인 딸 차세연도 차동주의 고민거리였다. 어찌 된 영문인지 그녀는 태산자동차의 후계 구도에 전혀 관심을 보이지 않았다. 해외 유학을 가겠다고 고집을 부리는 걸 억지로 막고 반강제로 그룹 수뇌부인 전략기획실에 배치한 게 올해 초였다. 그러나 딸이 아무 일도 하지 않는다는 보고를 받을 때마다 차동주는 속이 터지곤 했다.

사실 차세연이 처음부터 경영에 무관심했던 건 아니었다. 고등학생 시절만 해도 태산자동차를 이끌겠다는 포부를 당당히 드러내던 딸이었다. 그러나 대학에 진학한 후 그녀는 끈 떨어진 인형처럼 맥없는 존재로 변해버렸다.

왜 그러는지 이유를 물어도 끝내 입을 열지 않았다.

“봐라. 저곳이 네 할아버지와 아버지가 2대에 걸쳐 조성한 공장이야. 태산의 새로운 심장이라고 할 수 있다.”

“…….”

“영덕 제2공장의 위용을 한 컷이라도 사진으로 담겠다고 몰려든 기자들을 보라고. 정말 굉장하지 않아?”

“…….”

“세연아. 너, 정말…… 제발 아빠한테 네 속내를 들려주렴. 대체 무슨 생각을 하고 있는 거야?”

태산자동차의 염원이었던 영덕 제2공장 준공식에 데려오면 혹여 딸의 마음이 달라질까 싶었던 일말의 기대는 말 그대로 산산조각이 나버렸다. 결국 차동주는 답답한 마음을 떨쳐내지 못한 채 다음 일정인 기자회견이 열리는 곳으로 향해야 했다.

“오셨습니까, 회장님.”

운전기사의 인사에 묵례로 답한 차동주의 시선은 자연스럽게 ‘페스티나’로 향했다.

은백색의 매끄러운 보디에 도드라진 전방 헤드라이트, 그리고 300마력에 달하는 강력한 엔진…….

페스티나는 영덕 제2공장 준공식이 있기 하루 전 출시

되어 언론의 이목을 한 몸에 받은 태산자동차의 플래그십 세단이었다. 차동주가 회장 취임 이후 직접 진두지휘한 핵심 프로젝트이기도 했다. 페스티나의 고요한 아름다움에 매료된 차동주는 딸에게서 받은 스트레스를 위로받는 기분이 들었다.

"기자회견장으로 출발하겠습니다."

"그럽시다."

세 사람이 차에 오르자, 페스티나는 미끄러지듯 출발했다. 아무런 미동도 느껴지지 않는 완벽한 승차감이 더없이 만족스러웠다. 눈을 감으면 단잠의 유혹에 그만 넘어가버릴 것 같은 기분 좋은 감각이 온몸에 퍼졌다.

차동주는 차창 너머로 하늘을 바라보았다.

구름 한 점 없는 청명한 날씨가 마치 태산자동차의 밝은 미래를 보여주는 듯해 답답함이 조금은 가셨다. 영덕 제2공장을 발판 삼아 생산량을 늘리면 태산자동차는 누구도 뒤흔들 수 없는 '태산' 같은 존재가 될 것이라고 그는 확신했다. 차에 타서도 한마디 말도 없이 전화기만 붙들고 있는 딸만 아니라면 더할 나위 없이 모든 게 완벽했다.

"너무 서두를 필요 없어요."

차동주는 문득 창밖 건물들이 스쳐 지나가는 속도가 너

무 빨라지는 걸 인지하고 운전기사에게 주의를 줬다. 그런데 예상치 못한 대답이 돌아왔다.

"회장님? 브레이크가 안 밟힙니다!"

"뭐라고?"

정신이 번쩍 든 차동주는 속도를 확인했다.

시속 70킬로미터, 80킬로미터, 90킬로미터…….

헤드업 디스플레이에 출력되는 숫자가 급격히 올라가고 있었다.

"그, 급발진 같습니다!"

급발진이라니.

믿기지 않았다. 다른 차도 아니고 페스티나였다. 태산 자동차의 기술력이 집약된 결정체였다. 그런 차가 제어 능력을 상실한다는 건 있을 수 없는 일이었다.

그렇다고 운전기사가 브레이크와 액셀을 헷갈릴 가능성도 없었다. 그는 우승 경력까지 보유한 카레이서 출신이었다. 하지만 지금 벌어지고 있는 일은 명백한 현실이었다. 꿈이 아니었다.

"시동을 끄면 안 되나?"

"안 됩니다! 그럼 운전대가 먹통이 돼요! 너무 위험합니다! 멈출 거란 보장도 없어요!"

평온했던 영덕 제2공장 앞 도로는 뜻하지 않은 서킷으로 변해 있었다. 페스티나는 앞서가던 트럭과 승용차를 제치고 심지어 중앙선까지 거침없이 넘으며 아슬아슬 곡예 주행을 이어갔다. 구름 한 점 없던 푸른 하늘이 노랗게 보이기 시작했다.

불행 중 다행이라면 최고 제한 속력인 시속 260킬로미터까지 폭주할 것 같던 속도계가 180킬로미터를 넘어서지는 않고 있다는 사실이었다. 물론 시속 180킬로미터로 달리는 자동차가 무언가와 충돌할 때 어떤 참사가 벌어지는지 차동주는 모르지 않았다.

"일단 달려보겠습니다!"

"달린다고?"

"다른 방법이 없어요! 가장 가까운 동해고속도로에 진입하겠습니다!"

미칠 노릇이었다. 그러나 운전기사 말대로 목숨을 내건 질주 외에는 시속 180킬로미터로 달리는 쇳덩이에서 살아서 나갈 다른 방안이 떠오르지 않았다.

"경찰에 신고 좀 해주십시오!"

차세연이 다급히 전화기로 '112'를 눌렀다. 그녀는 모두가 통화 내용을 들을 수 있도록 스피커 모드로 전환하는

침착함까지 보였다. 이윽고 통화가 연결되자 운전기사가
절규하듯 외쳤다.

"경찰이죠? 급발진 상황입니다. 도움이 필요해요!"

[급발진이요?]

"지금 180킬로로 달리고 있어요!"

대수롭지 않게 전화를 받던 경찰의 목소리가 확연히 달
라졌다.

[지금 선생님 위치가 어딥니까?]

"영덕에서 동해고속도로에 들어섭니다. 차량번호는
22거 2823, 은색 페스티나요!"

[급발진 시작된 지 얼마나 됐죠?]

"1분 정도요!"

[알겠습니다. 통화 끊지 마시고 계속 상황 알려주세요!
저희도 조치 취하겠습니다.]

"이 차에 태산자동차 차동주 회장님이 타고 있습니다!
꼭 살려주세요!"

[누구요?]

"차동주요! 태산자동차 회장 차동주!"

거듭 차동주의 신원을 밝힌 운전기사가 룸미러로 회장
의 눈치를 살폈다.

"제 마음대로 회장님 신원 밝힌 건 죄송합니다. 하지만 그러는 게 훨씬 도움받기 편할 겁니다!"

틀린 말은 아니었다. 하지만 다시 생각해보니 출시를 앞둔 신차에, 그것도 그룹 회장이 타고 있다는 사실이 외부에 알려지는 건 절대 유쾌한 일이 아니었다.

그러나 이미 엎질러진 물을 주워 담을 수는 없었다. 다른 조치를 해야 했다.

차동주는 경찰이 듣지 못하도록 딸의 전화기를 음 소거로 돌린 뒤 10년 넘게 태산가家를 보필해온 박준필 부사장에게 연락을 취했다. 그는 언제나처럼 연결음이 세 번 울리기 전에 전화를 받았다.

[회장님, 기자회견 시간 임박했는데 오고 계십…….]

차동주의 외침이 박준필의 말을 잘랐다.

"급발진이야!"

[네?]

"급발진이라고! 180킬로까지 올라갔어!

[그게 정말이십니까? 지금 어디시죠?]

"방금 동해고속도로에 진입했어!"

[회장님!]

"임원들 소집해. 잘못될 경우를 대비하라고! 기자들 모르게 해!"

[그 점은 염려 마십시오.]

"경찰도 현재 상황 알고 있어. 반드시 참고해."

[경찰이라뇨?]

"신고하다 보니 일이 그렇게 됐어."

[회장님!]

"살아 있다면 또 전화할게!"

통화를 마친 차동주는 깊은 신음을 토해냈다. 애써 억눌렀던 공포와 긴장이 단번에 응축되어 터져 나왔다. 재벌 총수의 위엄을 지키는 것에도 한계가 있었다. 인간이기에 느낄 수밖에 없는 감정이 그의 어깨를 마구 들썩이게 했다. 창밖으로 보이는, 정체된 차들을 피해 갓길을 질주하는 아슬아슬한 광경이 부디 꿈이기를 간절히 바랐다. 맑은 햇살을 머금어 유난히 아름다운 동해가 더없이 원망스러웠다. 영덕 제2공장을 둘러보며 감격에 찼던 게 바로 몇 분 전이었다는 사실이 믿기지 않았다.

1. 악재

태산자동차 커뮤니케이션센터의 센터장인 박준필 부사장의 미간이 흔들렸다.

그는 여태 경험하지 못한 최악의 악재에 직면했음을 직감했다. 하나를 처리하기도 버거운 이슈가 겹겹이 한데 겹쳤다. 그야말로 분초를 다투는 상황이었다.

급발진.

정지된, 혹은 서행 중인 자동차에 급작스럽게 가속도가 붙는 이상 현상을 뜻한다.

이미 태산자동차는 급발진 의심 현상으로 인해 걸려 있는 소송만 네 건이었다. 하지만 태산자동차는 선대 차강태 회장 시절부터 급발진은 애초에 존재하지 않는다는 입장으로 일관하며 이슈에 대응해왔다.

그런데 차동주 회장과 그의 외동딸이 탄 신차에서 급발진 의심 현상이 발생한 것이다. 그것도 영덕 제2공장 준공식이라는 초대형 이벤트 현장에서.

태산자동차는 이제 회장과 후계자가 동반 사망하는 최악의 상황을 대비해야 했다. 하지만 박준필에게는 그보다 먼저 처리해야 할 과제가 있었다. 그건 바로 100명이 훌쩍 넘는 기자들이 차동주 회장이 오기만을 기다리고 있다는 사실이었다.

"안녕하세요, 기자님들. 박준필입니다."

기자회견이 열리는 대강당 연단에 오른 박준필이 마이크를 잡았다. 그를 차동주로 착각한 기자들의 카메라 플래시가 연이어 터졌다. 그는 잠시 숨을 고른 후 입을 열었다.

"한 가지 안내 말씀 드립니다. 부득이한 내부 사정으로 차동주 회장님이 지금 급히 서울로 복귀 중이십니다. 사전 예고 없이 일정이 변경된 점 머리 숙여 사과드립니다."

갑작스러운 선언에 장내가 술렁였다.

"기자회견은 추후 서울에서 진행하도록 하고 오늘은 다음 일정인 영덕 제2공장 투어를 진행하겠습니다. 거듭 죄송하다는 말씀 올립니다.”

기자들의 수군거림을 뒤로 한 채 박준필은 급히 연단에서 내려왔다. 홍보실장 진은호가 서둘러 달려왔다.

“대체 무슨 일입니까? 회장님이 서울에 가시다뇨?”

박준필은 다른 기자가 듣지 못하도록 귀에 대고 속삭였다.

“방금 회장님이 탄 페스티나에서 급발진 현상이 발생했다. 이거, 실제 상황이야.”

“…… 네?”

“대책 마련해야 하니까 빨리빨리 움직여. 입단속 철저히 하고. 특히 기자들이 알면 절대 안 돼. 무슨 말인지 알지?”

“아, 알겠습니다!”

“홍보팀장들은 예정대로 기자들 버스 투어 시키고, 넌 준공식에 온 임원들 모아놔. 지금 당장.”

대강당에 모인 기자들이 줄을 지어 빠져나가는 동안 박준필은 생각을 정리했다. 그는 지금부터 자신이 해야 할 일이 무엇인지 명확히 인지하고 있었다. 그건 바로 태산자동차와 차동주 회장의 이름 자체가 언론의 지면에 오르지 않게 막는 것이었다. 특히 플래그십 세단인 페스티나에서 급발진이 발생했다는 사실은 어떤 대가를 치르더라도 은폐해야 했다.

물론 장담할 수는 없었다.

이번 이슈는 보도 자체를 봉쇄하는 게 애초에 불가능할 만큼 중대한 사회적 파장을 불러일으킬 가능성이 컸다. 소속 임직원만 80여 명에 이르는 휘하 홍보실에서 물 샐틈없이 방비한다 해도 어쩔 수 없이 누수가 생길 것이고, 바로 그 지점에서 그룹을 뒤흔들 뉴스가 쏟아지리라는 건 자명했다.

하지만 대비를 하고 맞는 것과 그러지 않고 맞는 건 천지 차이였다. 어차피 터질 악재라면 태산자동차가 가장 피해를 최소화할 타이밍에 기사가 나오도록 유도하는 게 홍보실의 당면 과제였다.

'그 타이밍이란, 모든 상황 파악을 마치고 만반의 대비를 갖춘 이후가 되겠지⋯⋯.'

재계 서열 3위인 태산자동차는 언론을 통제할 힘이 있었다. 그리고 박준필은 그 힘을 실체화하는 실세였다. 박준필은 태산자동차 커뮤니케이션센터장에 부임하기 전 청와대 홍보기획비서관을 지내고 국회의원 선거에 출마한 이력이 있는 만큼 정관계에 폭넓은 인맥을 보유했다.

제도권 바깥의 존재들과 연이 닿아 있다는 소문이 암암리에 나돌 정도였다. 평시에서 전시로 전환된 지금이야말로 그간 축적한 인적 네트워크를 사용할 때였다.

[이게 누구십니까?]

수화기 너머에서 들려온 목소리의 주인은 하인태 경찰청장이었다. 박준필은 안부 인사도 생략한 채 곧바로 본론을 꺼냈다.

"청장님께 긴히 드릴 부탁이 있어 연락드렸습니다."

[부탁이요?]

"저희 회장님께서 난감한 상황에 처해 계십니다."

[난감하다니, 차 회장님께서 어디 불편하시오?]

박준필은 혹여 누가 들을세라 손바닥으로 입을 가린 뒤 속삭였다.

"비상입니다. 오늘 영덕 공장 준공식에 오셨는데, 지금 타고 계신 차에서 급발진이 발생했답니다."

[뭐요? 그게 정말이요?]

"다행히 아직 무사하십니다. 경찰에 신고는 들어갔지만 언제 어떤 일이 벌어질지는 아무도 모릅니다."

하인태는 짐짓 비장한 어조로 대답했다.

[곧 보고가 올라오겠군. 염려 마시오. 내 가용 가능한

모든 인원을 동원해 회장님을 구할 테니.]

"아무렴요. 그런데 제가 지금부터 드릴 부탁은 사실 결이 다른 겁니다."

[뭡니까, 그게?]

"세 가지 경우의 수가 있습니다. 만약 회장님이 무사 생환하시면 사고 자체를 묻어주십시오. 오늘이 저희 영덕 제2공장 준공식 아닙니까."

[흠.]

"두 번째. 사고가 나 회장님이 크게 다치신다면 별도의 언론 브리핑은 자제해주십시오. 저희 태산자동차가 메시지를 낼 테니까요."

[그게…….]

"셋째. 만약 회장님이 사망할 경우 언론 브리핑을 하루 뒤로 미뤄주시되 구체적인 사망 이유와 탑승한 차종은 밝히지 말아주십시오."

쉽지 않은 부탁이었는지 경찰청장은 연신 헛기침만 해 댔다.

"아시다시피 태산자동차는 대한민국을 이끄는 그룹입니다. 그런 회사가 아무런 대책 없이 내쳐진다면 저희는 물론 이 나라 경제 역시 매우 난처해지지 않겠습니까?"

[그야 그렇겠지요.]

"태산자동차를 살리는 게 애국하는 겁니다. 경찰청장님 애국자 아닙니까? 힘 좀 써주십시오."

[허, 거참······.]

"그게 선대 차강태 회장님께서 직접 챙겨주신 장학생의 도리 아니겠습니까?"

'차강태 회장'과 '장학생'이라는 말을 힘주어 언급하자 마침내 하인태 경찰청장은 두 손을 들고 말았다. 태산자동차는 바로 이런 상황을 대비해 유능한 검경 인재를 후원하고 용돈을 챙겨 주는 등 소위 '장학생'을 키워왔다. 하인태 경찰청장 역시 이러한 장학생 중 하나였다. 이미 약점이 잡힌 경찰청장이 박준필의 말을 거스를 수는 없었다. 아니면 스스로 옷을 벗을 각오를 해야 했다.

[알겠습니다. 최대한 노력해보겠소. 하지만 100퍼센트 장담할 수는 없어요. 그 점은 이해해주셔야 합니다.]

"그건 염려 마십시오."

급한 불을 끈 박준필은 창밖을 바라보며 되뇌었다.

"결국 프레임 문제다······!"

2. 코드 제로

"급발진?"

고속도로 순찰대 소속 정태진 경정이 '코드 제로'를 접수한 건 오전 11시 20분경이었다. 급발진 현상이 발생한 것으로 의심되는 은백색 페스티나 차량이 시속 180킬로미터로 달리고 있다는 내용이었다.

분명 위급한 상황인 건 맞지만 얼른 납득이 가지는 않았다. 코드 제로는 경찰 신고 대응 체계상 가장 위급한 단계를 뜻한다. 급발진 정황에 어울리지 않았다. 하지만 뒤이어 피해자의 인적 정보를 전해 들은 정태진은 곧바로 고개를 끄덕였다.

"재벌이 탄 차가 급발진? 이런 경우는 처음 보는군요."

옆에서 상황을 함께 전달받은 하승재 경장도 놀라워하긴 마찬가지였다.

'고속으로 달리는 급발진 차가 다른 차들과 충돌이라도 한다면……?'

상상도 하기 힘든 참사가 벌어질 게 자명했다. 정태진은 심호흡을 한 뒤 피해 차량과의 교신을 시작했다.

"고속도로 순찰대 소속 정태진 경정입니다. 선생님 지금 위치가 어디쯤입니까?"

정태진은 자신의 신원부터 밝힌 뒤 위치를 물었다. 이미 해당 전화번호의 위치 조회에 들어간 상태지만 인사 차원에서 던진 질문이었다.

[방금 동해고속도로에 들어섰어요!]

수화기 너머에서 들려온 남자의 목소리는 침착했다. 패닉 상태에 빠져 있을 거란 예상이 빗나갔다.

"동해고속도로요?"

[영덕에서 방금 진입했습니다!]

불행 중 다행이었다. 폭주하는 차량을 몰고 국도를 전전했다가는 벌써 대형 사고가 벌어졌을 거라는 생각이 들었다.

"고속도로 상황은 어떻습니까?"

[달릴 만합니다.]

"다른 분들 상태는요?"

[아직까진 괜찮아요.]

최악은 아니었지만 언제 그렇게 되어도 이상할 게 없는 상황이었다.

아니나 다를까.

종합상황실의 고속도로 CCTV 상황판을 확인하던 정태진의 입에서 욕지거리가 터져 나왔다. 병곡 나들목 근처에서 교통사고가 발생해 도로가 꽉 막히다시피 했다. 게다가 사고 차량이 하필 갓길 방향에 처박혀 있어 이대로라면 급발진 차와의 충돌은 피할 수 없어 보였다.

병곡 나들목이 동해고속도로 진입 지점에서 약 15킬로미터가량 떨어져 있다는 사실도 문제였다. 시속 180킬로미터로 달리고 있다는 걸 감안하면 불과 5분 뒤에 사고 지점에 당도한다는 의미였다.

정태진은 즉각 도로공사에 전화를 걸어 병곡 나들목 인근에서 발생한 사고를 인지했는지 확인했다. 다행인 건 도로공사 측이 해당 사고를 파악해 이미 출동했다는 사실이었다. 그러나 사고 수습까지는 최소 30분이 소요될 것이라는 암담한 전망도 함께 전해졌다.

'안 돼. 그건 너무 늦어!'

정태진의 다음 연락이 닿은 사람은 사설 레커 기사인 마은석이었다. 병곡 나들목 사고 지점을 비추는 CCTV 화면에는 이미 세 대의 레커가 도착해 있었는데, 그는 그중 한 대가 마은석의 차량이기를 바랐다.

[여, 공무원 나으리께서 이 시간에 어쩐 일이슈.]

"지금 어디냐?"

[어디긴요. 일하러 왔쥬.]

"혹시 병곡 나들목?"

[엇? 그걸 행님이 어찌 아신데유? 혹시 상황판으로 훔쳐보고 있는 겨, 지금?]

정태진이 반색하며 말을 이었다.

"그건 알 거 없고. 지금 갓길에 처박힌 사고 차량 있지?"

[에휴, 말도 마유. 운전자가 아지매인데, 나더러 죽어도 고리 걸지 말라고 어찌나 소리소리 지르던지…… 질려서 인자는 그냥 갈라유.]

"걸어."

[엥?]

"고리 걸라고."

[농담하지 마유. 요즘 시상이 어떤 시상인디 큰일 날 소 릴…….]

"지금 시속 180킬로미터로 달려오는 차가 한 대 있어. 빨리 길 터주지 않으면 대형 참사 예약이야. 대충 5분 정 도 남았어."

[참말이유?]

"내가 농담하게 생겼어? 공무 집행한다고 하고 당장 사 고 차 끌고 가서 길부터 터. 책임이고 비용이고 고속도로 순찰대에서 다 맡는다고 해."

[그럼 알았슈. 대한민국 공권력이 책임진다는데, 나야 무서울 게 없어불잖여!]

통화를 마친 정태진은 상황판으로 시선을 돌렸다. 든든 한 뒷배를 얻은 마은석이 다짜고짜 사고 차량에 레커 고 리를 거는 장면이 보였다. 사고를 낸 여성 운전자가 항의 했지만 마은석은 막무가내였다.

통행을 방해하던 사고 차량이 빠지자 비로소 정체도 조 금씩 풀리기 시작했다. 사설 레커를 증오하는 운전자가 한 명 더 생기게 되었지만, 지금은 별수 없었다.

"선생님? 선생님, 무사하십니까?"

[네.]

“연료 얼마나 남았습니까?”

[150킬로미터는 갈 수 있어요.]

150킬로미터라면 서울에서 대전까지 논스톱으로 달릴 수 있는 거리였다.

“일단 길을 따라 달리세요! 정체 없는 도로로 인도하겠습니다. 곧 고속 순찰차도 급파할 테니 너무 염려 마세요. 브레이크 세게 밟고 기어 중립도 시도해보시고요!”

정태진은 병곡 나들목에서 사고로 인해 정체가 발생했다는 사실은 말하지 않았다. 굳이 운전자를 불안에 떨게 할 이유가 없었다. 옆에서 모든 상황을 숨죽여 지켜보던 하승재 경장이 조심스레 의견을 냈다.

“이렇게 된 이상 헬기밖에 답이 없는 거 아닙니까?”

“헬기?”

“강원 소방본부에 지원 요청해서 헬기로 피해자들을 구조하는 거죠.”

“그게 되겠어? 이리저리 ‘칼치기’해야 하는 상황인데 헬기랑 도킹이 가능하겠나? 지금 저 차 속도가 시속 180킬로미터가 넘어.”

“도로는 통제하면 됩니다. 소방 헬기 순항속도가 최대 240킬로입니다. 충분히 따라잡을 수 있어요!”

정태진은 헛웃음이 나왔다. 〈미션 임파서블〉에나 나올 법한 구조 방법이었다.

"헬기를 보내 어찌어찌 사람들은 구했다 쳐. 그럼 홀로 남은 자동차는 어쩔 건데? 그냥 충돌하게 내버려둬?"

"그 문제는 바리케이드를 설치하면 해결돼요."

"바리케이드라니?"

"피해자들 구하고 나면 빈 차가 충돌할 수 있는 장애물을 세우자는 거죠. 2차 사고가 나지 않게 도로도 미리 통제하고요."

"불가능해. 급발진이야. 언제 어디서 사고가 나도 이상하지 않다고. 바리케이드를 세우고 헬리콥터를 보내기도 전에 모든 게 끝날 수 있어. 그놈의 절차를 밟는다고 시간을 다 쓸 거라고!"

날카로운 지적에 하승재는 입을 다물었다. 그 역시 리스크가 너무 큰 방안이라는 걸 인정하지 않을 수 없었다. 게다가 헬기로 피해자를 구조한다는 하승재의 계획은 독단으로 결정할 수 있는 영역도 아니었다. 경찰청 윗선은 물론 소방청의 재가 없이는 불가능했다. 승인이 떨어질 확률도 극히 낮았다.

"그럼 대체 어쩌실 생각입니까?"

정태진은 일말의 주저 없이 대답했다.

"달리게 해야지."

"네?"

"급발진이 풀리거나, 연료가 다 떨어질 때까지 고속도로를 달리게 하는 수밖에 없어."

하승재 경장이 깜짝 놀라 되물었다.

"여기가 아우토반도 아닌데 그게 가능하다고 생각하십니까?"

"다른 방법이 있어? 실시간으로 도로 상황을 체크해 정체가 없는 곳으로 유도하는 게 유일한 해답이야! 태산자동차 회장님 살리려면 말이야!"

잔여 연료로 150킬로미터를 더 갈 수 있다면, 새로 개통한 동해고속도로의 끝 지점이자 구도로의 시작점인 삼척까지만 어떻게든 유도할 경우 페스티나가 멈춰 설 것이라는 계산이 섰다.

급발진 발생 직후라면 가드레일 등과 부딪히거나 접촉시켜 속도를 줄이는 초동 조치가 가능했겠지만, 이미 속력이 시속 180킬로미터에 이르렀고 고속도로에 진입한 이상 다른 해법은 없다는 게 정태진의 판단이었다.

전혀 불가능한 계획도 아니었다.

2013년 프랑스에서 급발진 현상이 발생한 차량이 무려 240킬로미터를 달려 연료를 전부 소진하자 멈춰 선 기적 같은 일이 있었다. 운전자가 목숨이 걸린 장시간의 질주를 할 수 있었던 건 경찰의 적절한 가이드와 통행을 가로막는 장애물을 실시간으로 제거한 당국의 노력이 어우러진 결과였다.

급발진 차량이 동해고속도로를 달리고 있다는 점도 판단에 영향을 미쳤다. 영덕과 강릉을 잇는 동해고속도로 구간은 개통된 지 한 달도 되지 않은 신도로로, 차량 통행량이 많지 않았다. 만약 다른 고속도로였다면 엄두도 내지 못할 계획이었다.

'충분히 해볼 만하다!'

이윽고 광속으로 내달리듯 질주하는 은백색 차량을 CCTV로 확인한 정태진은 묘한 카타르시스를 느꼈다. CCTV가 비춘 곳은 불과 몇 분 전까지 사고 차량이 길을 막고 있던 병곡 나들목 인근이었다.

3. 구독과 좋아요

"이건 좀 보셔야 할 것 같습니다."

박준필이 뜻밖의 보고를 받은 건 기자들을 태운 영덕 제2공장 투어 버스가 출발한 직후였다. 홍보실장 진은호가 달려와 자신의 스마트폰 화면을 보여주었다. 온통 검은 화면에 흰 글씨가 전부인 조악한 유튜브 영상이었다. 그런데 내용이 뜻밖이었다.

차동주 회장과 급발진? 자세한 소식 알고 싶으면 구독과 좋아요 부탁합니다. 5분 뒤 공개합니다.

"이건 뭐야?"

"뉴스 모니터링을 맡은 팀원이 방금 발견한 겁니다. 혹시나 해서 보고드렸습니다."

박준필은 영상 공개를 예고한 유튜버의 이름을 살폈다.

'스로틀?'

스로틀. 엔진 실린더로 유입되는 연료 공기의 혼합 가스를 조절해 동력을 얻는 조종 장치를 뜻했다. 구독자는 100명도 되지 않는 소형 유튜버였다.

'굳이 신경 쓸 필요는 없겠지?'

박준필은 스로틀이라는 유튜버가 예고한 영상이 과거 제기되었던 태산자동차 차량 급발진 의혹을 짜깁기한 주장일 거라 여겼다. 현재 차동주 회장이 탄 페스티나에서 급발진이 발생했다는 사실을 아는 사람은 대한민국에서 손에 꼽을 정도였다. 듣도 보도 못한 소형 유튜브 채널이 관련 정보를 알고 있을 확률은 희박했다.

"이런 허접한 유튜버 따위에 관심 주지 말고 기자 통제에나 주력해. 공장 투어 끝나면 곧바로 점심 식사 자리로 이동시키고. 특히 기자들, 노트북에 손도 못 대게 해. 알았어?"

***

　영덕 제2공장 준공식 분위기에 취해 있던 임원들은 찬물을 뒤집어쓴 듯 삽시간에 얼어붙었다.

　차동주 회장이 탄 페스티나에서 급발진이 발생했다는 소식을 전해 들은 그들의 표정은 일제히 구겨진 신문지처럼 일그러졌다. 박준필은 일단 기자회견은 취소했으며 버스 투어를 마치는 대로 기자들을 점심 식사 자리로 이동시킬 예정이라는 계획까지 공유했다.

　섣불리 나설 수 없는 묵직한 분위기가 모두의 어깨를 짓누르는 가운데, 최고기술책임자(CTO)인 장상욱 부사장이 먼저 입을 열었다.

　"…… 전 못 믿겠습니다. 기술적으로 페스티나에서는 급발진이 발생할 수가 없습니다. 모든 경우의 수를 따져봐도 그런 일은 있을 수가 없어요."

　그는 핏기가 하나도 없는 얼굴로, 마른 나뭇가지를 연상시키는 앙상한 팔과 대조를 이루는 볼록한 배를 연신 흔들어댔다. 페스티나를 비롯해 태산자동차의 핵심 자동차 모델의 설계를 주도해온 장상욱은 이번 급발진 사태로 인해 가장 피가 마를 사람 중 하나일 수밖에 없었다.

"잠깐, 잠깐만요."

비서실장 강민훈이 말을 잘랐다.

"그러니까, 장상욱 부사장께서는 페스티나에는 문제가 없고 운전기사 잘못이라는 겁니까?"

"바로 그래요."

"회장님 운전기사 말입니다, 우승 경력까지 있는 카레이서 출신이라는 건 여기 계신 분들도 다 아는 사실이잖아요? 그런데 브레이크와 액셀 페달도 구별하지 못하고 있다고 보시는 겁니까? 그것도 10분 넘게요?"

"난들 압니까? 지금은 모든 가능성을 열어둬야 할 때요. 혹시 알아요? 누가 회장님 차에 뭔가 조치를 했을지도."

너무 나갔다 싶었는지 장상욱이 서둘러 말을 주워 담았다.

"에, 그러니까…… 전 페스티나가 급발진을 일으켰을 가능성이 제로에 수렴한다는 걸 강조하고 싶었을 뿐입니다."

그는 누구라도 좋으니 이 위기의 바통을 넘겨받아주길 바라는 눈치였다. 보다 못한 박준필이 나섰다.

"다들 아시다시피 이번 이슈는 어떻게 손을 쓸 수 없는 대형 악재입니다. 언젠가 새어 나가긴 할 텐데, 알려지더라도 우리 측의 대응 준비가 모두 끝난 뒤여야 하겠죠. 일단은 '사실무근'으로 응대하라고 일괄 지시를 내려뒀습니다."

비서실장 강민훈이 물었다.

"만약 회장님께서 사고를 당한 사실이 알려진다면 어떻게 대응하실 계획입니까?"

"먼저 차동주 회장님이 무사 생환하실 경우, 저는 모든 사태를 '없던 일'로 만드는 데 힘을 쏟을 겁니다."

"가능하겠습니까?"

"물론입니다."

근거 없이 흩뿌리는 공수표가 아니었다. 태산자동차는 대한민국 주요 언론사들을 먹여 살리는 핵심 광고주였다. 조금만 이상한 기사를 내면, 광고를 빼버리겠다는 응수로 십중팔구 논조를 바꾸거나 철회시킬 수 있었다.

"만에 하나 정보가 새어 나간다면 그때는 어떻게 하실 겁니까?"

"지금으로서는 한태수에게 모든 걸 뒤집어씌우는 수밖에 달리 방법이 없습니다."

"뒤집어씌운다? 그게 가능하겠습니까?"

"이럴 때 요긴하게 쓸 수 있는 프레임이 바로 음주 운전이죠.”

“음주 운전이요?”

“친분을 다져놓은 일간지들을 통해 선제적으로 기사를 낼 예정입니다. 태산자동차 회장의 수행 기사가 전날의 과한 음주로 인해 사고를 냈다는 내용으로요. 물론 그룹에 일정 부분 피해는 있겠지만 급발진 사실이 알려져 잃는 이미지에 비하면 미약한 수준일 겁니다.”

“운전기사가 가만히 있을까요? 자기가 직접 보고 겪은 게 있을 텐데요.”

“현금으로 10억 원쯤 쥐여주면 조용히 떠안고 갈 겁니다. 그 정도면 일평생 일해도 얻지 못할 돈이죠.”

강민훈은 여전히 의심이 가시지 않은 표정으로 물었다.

“만약 차동주 회장님이 무사 생환하지 못한다면……?”

사실 이 경우가 앞으로 태산자동차에 닥칠 미래로 가장 유력했다. 운 좋게 급발진 차량에서 10분 넘게 생존했지만, 천운이 계속되리라는 보장은 없었다.

“회장님이 끝내 변을 당한다면 그 사실을 계속 묻기는 어려울 겁니다. 하지만…….”

“하지만?”

“페스티나는 다른 차도 아니고 태산자동차의 플래그십

세단입니다. 그런 차에서, 그것도 회장님이 탄 차에서 급발진이 발생했다는 걸 인정한다면 기업 이미지가 어떻게 되겠습니까? 돌이킬 수 없을 결과를 초래하고 말겠지요.”

“그렇겠죠.”

박준필은 안경을 고쳐 쓴 뒤 말을 이었다.

“적어도 언론 보도에 ‘급발진’이라는 단어가 언급될 일은 없을 겁니다.”

“가능하겠어요, 그게?”

“물론입니다. 급발진을 비롯한 핵심 키워드는 뺀 채 브리핑을 하기로 경찰 측의 약조를 받아냈습니다. 아시다시피 하인태 경찰청장이 태산자동차 그룹 장학생 출신 아닙니까?”

잔뜩 구겨져 있던 임원들의 표정이 조금 풀렸다.

“일반적인 사고로 외부에 알려져야 합니다. 사고 원인이 급발진이었다는 사실은 누구도 알게 해선 안 됩니다. 경찰청장에게도 단단히 일러두었습니다. 거듭 말씀드립니다만, 회장님 생사와 무관하게 ‘급발진’이라는 말이 언론에 오르내릴 일은 없을 겁니다.”

철두철미한 박준필의 계획에 이견을 보이는 임원은 없었다. 자연스레 화제는 다른 쪽으로 옮겨졌다. 다른 이들이 서로 옥신각신 말을 이어가는 동안 박준필은 조용히 생각을 가다듬었다.

'태산자동차는 이제 어떻게 될까⋯⋯?'

박준필은 차동주 회장이 사망했을 경우의 후계 구도를 가늠해보았다. 추정은 쉽지 않았다. 차기 회장직을 넘겨받을 만한 뚜렷한 '태양'이 없다는 게 문제였다.

태산자동차를 설립한 초대 회장 차강태는 생전에 오직 한 명의 아들만을 두었고 차동주 역시 차세연만 무남독녀로 두었다. 따라서 이번 사고로 차동주와 차세연이 동시에 사망한다면 법정상속 순위에 따라 차동주 회장의 아내이자 태산문화재단 이사장을 맡고 있는 박수연 여사가 대주주로 떠오를 가능성이 현재로서는 가장 높았다.

하지만 박수연 여사가 평소 태산자동차에는 코빼기도 내비치지 않을 만큼 경영에 관심을 두지 않았다는 점이 변수였다. 최소 수조 원에 육박할 상속세에 부담을 느껴 차동주 회장의 보유 지분을 포기할 가능성도 없지 않았다.

'그렇다면 차정학 태산모션텍 사장?'

차정학은 선대 차강태 회장의 하나뿐인 동생으로 계열사 중 한 곳인 태산모션텍을 이끌었다. 하지만 그 역시 '권좌'에 욕심을 보이지 않는 야인으로 분류되었다. 선대 차강태 회장의 뒤를 이어 차동주가 차기 회장으로 선출될 당시에도 이렇다 할 목소리를 내지 않았을 정도였다.

'계열사 사장 중 하나가 차기 회장직을 잇게 될 가능성을 검토해야 하나?'

눈치 빠른 박준필마저 누구에게 줄을 대야 할지 얼른 감이 잡히지 않을 만큼 사장단 개개인의 실력과 야망이 대동소이하다는 사실도 문제라면 문제였다. 그는 당장이라도 자리를 박차고 나가 차기 회장감을 알아보고 싶은 충동을 억눌렀다.

4. 희망

‘살 수 있나……?’

인간은 극한의 환경에마저도 기어코 적응해버리는 동물인 모양이었다.

차동주 역시 그랬다.

급발진이 막 시작되었을 때만 해도 죽음의 공포가 목을 옥죄여왔지만, 다시 두 발로 땅을 딛을 수 있다는 희망이 점차 커졌다. 시속 180킬로미터로 달리는 쇳덩이 안에서 10분 넘게 생존한 결과였다.

운전기사인 한태수를 바라보는 차동주의 시선에는 경이가 가득했다. 초인과 같은 반사신경으로 진로를 막는 차들을 이리저리 피하고 때로는 갓길을 질주하는 그가 이토록 듬직할 수가 없었다. 그야말로 목숨을 빚진 기분이었다.

실시간으로 소통하는 경찰의 대응도 썩 훌륭했다. 고속도로 순찰대는 시시각각 바뀌는 도로 사정을 파악하며 최적의 경로를 실시간으로 안내했다. 열과 성을 다해 인간 내비게이터를 자처한 경찰의 도움이 없었다면 페스티나에 타고 있던 모두의 목숨은 일찌감치 끝장났을 게 분명했다.

'만약 살아 나가면, 사람들에게는 뭐라고 하지……?'

인간은 주린 배가 채워지면 다른 생각이 드는 존재였다. 더군다나 차동주는 태산자동차를 이끄는 재벌 총수였다. 이번 사태를 극복하고 나면 해결해야 할 다음 상황을 고려하지 않을 수 없었다. 영덕 제2공장 준공식이 열린 날에, 그것도 회장이 탄 신차 페스티나에서 발생한 급발진은 그룹의 안위를 위태롭게 하는 중대한 악재였다.

급발진 자체를 '없던 일'로 만들기 위한 방법을 찾아야 했다.

그러나 차동주의 배부른 고민은 오래가지 못했다.

[선생님? 선생님?]

수화기 너머에서 들려온 경찰의 목소리가 심상치 않았다.

[10여 분 뒤 당도할 평해 분기점 인근에서 5톤 트럭 적재 화물이 추락하는 사고가 발생했어요! 길이 원천 차단된 상태입니다! 사고 지점 일대 통행이 완전히 막혔어요!]

"그럼 어떻게 합니까?"

[동해고속도로를 벗어나 국도로 빠지는 방법밖에 없습니다. 그런데 유일한 나들목이 트럼펫형이에요!]

"나들목이요?"

차동주의 가슴이 철렁했다. 곡선으로 휘어진 나들목을 통과하는 게 유일한 살길이라는 얘기였다. 문제는 시속 180킬로미터로 달리는 페스티나로 절대 감속이 요구되는 트럼펫형 나들목 구간을 통과하는 건 불가능해 보인다는 점이었다. 실낱같이 이어진 행운이 마침내 끊어졌다. 겨우 피했던 죽음의 여신이 성큼 다가와 손을 흔드는 것 같았다.

"해보겠습니다."

뜻밖에도 한태수는 대수롭지 않게 답했다.

[네?]

“나들목, 통과할 수 있어요. 그 대신 도로 통제가 필요합니다. 단 한 대의 차량도 앞을 가로막으면 안 돼요.”

카레이싱 대회 우승 경력에서 비롯된 자신감인지, 아니면 이대로 죽을 수 없다는 최후의 발악인지 분간이 가지 않았다.

[도로 통제는 가능합니다. 근데 정말 자신 있어요?]

“해내야죠.”

[나들목은 1차선 도로예요! 그것도 급커브!]”

“저, 우승 경력 있는 카레이서 출신이에요. 나들목 통과 가능합니다. 아무런 방해 요인만 없다면요.”

[좋습니다. 그럼, 바로 도로 통제 들어가겠습니다.]

카레이서, 그것도 우승 경력까지 보유한 카레이서라는 말에 정태진은 희망이 싹트는 걸 느꼈다. 시속 300킬로미터에 육박하는 속도로 서킷을 누비는 카레이서라면 나들목 통과가 불가능의 영역이 아닐 수도 있었다. 급발진이 발생하고도 10분 넘게 생존할 수 있었던 이유 역시 뒤늦게 납득이 갔다.

상황실이 다시금 급박하게 돌아가기 시작했다.

주어진 시간은 불과 10분 남짓.

정태진은 즉각 무전을 쳐 평해 분기점에 나가 있는 경

찰 인력으로 하여금 나들목에 들어서는 진로를 원천 차단해달라고 지원을 요청했다. 또한 근방 경찰 인력을 총동원해 나들목에서 국도, 그리고 다시 동해고속도로로 재진입하는 구간을 전면 통제했다. 그 거리만 장장 2킬로미터에 달했다. 인근 교통을 완전히 마비시킨 초유의 조치였다. 영문도 모른 채 도로 한복판에 갇힌 운전자들은 길을 막은 경찰들에게 거세게 항의했다. 일부 운전자들은 욕지거리를 내뱉기도 했다. 이처럼 유례를 찾기 힘든 대규모 도로 통제 작전은 하인태 경찰청장이 전폭적으로 밀어주었기에 가능했다.

'사람 목숨, 그것도 태산자동차 차동주 회장의 목숨값은 대체 얼마짜리인 걸까.'

정태진은 상황판을 통해 모든 과정을 지켜보았다. 도로 통제는 순조로웠고 시간도 제때에 맞췄다. 어느새 손에 흥건해진 땀을 바지에 닦았다. 이윽고 검은 점 하나가 순식간에 CCTV 화면을 스쳐 지나갔다. 정태진은 자신도 모르게 두 눈을 감고 말았다. 그는 무신론자였지만, 지금 순간만큼은 세상의 모든 신들이 굽어살펴주길 간절히 바랐다.

찰나의 순간.

무시무시한 굉음도, 온몸을 찢어발길 압력도 없었다. 전신이 한쪽으로 급격히 쏠릴 정도로 강력한 중력이 엄습한 지 수 초가 지난 뒤에, 차동주는 두 눈을 떴다. 변함없이 페스티나를 도로 위로 미끄러뜨리는 중인 한태수의 뒷모습이 보였다. 시속 180킬로미터로 1차선 곡선 나들목을 무사히 통과한 것이다.

"대박. 미친 거 아니야?"

상황판을 숨죽여 지켜보던 정태진 역시 감탄하기는 마찬가지였다. 마치 할리우드 액션영화의 한 장면을 보는 듯했다. 경찰이 정리해둔 도로를 가로지른 은백색 세단은 아무런 감속 없이 드리프트만으로 나들목을 통과했다. 아스팔트 도로 위에 남은 시커먼 스키드마크는 방향 전환이 얼마나 치열하게 이루어졌는지를 보여준 상흔이었다.

"다시 고속도로로 안내할 테니 잘 따라오세요!"

페스티나는 기나긴 차량 통제로 만들어진 1차선 길을 단숨에 가로질렀다. 국도 한복판에서 발이 묶여 욕을 내뱉던 사람들은 은빛의 차체가 쏜살같이 스쳐 지나가는 놀라운 광경에 약속이라도 한 듯 입을 다물었다. 페스티나가 동해고속도로로 재진입하는 데는 불과 40초가 채 걸리지 않았다.

"됐어!"

정태진은 애써 흥분을 억눌렀다. 요동치는 심장박동까지 진정시킬 수는 없었다. 전례를 찾아볼 수 없는 급발진 사건과 처음 맞닥뜨렸을 때만 해도 희망이라는 단어가 완전히 사그라들었던 게 사실이었다.

그러나 지금은 달랐다.

모두를 살릴 수 있다는 기대감이 고개를 바짝 치켜들었다.

5. 스로틀

"큰일 났습니다! 유튜브에 영상이 공개됐어요! 차동주 회장님이 탄 페스티나에서 급발진이 발생했다는 내용입니다!"

임원 회의를 마친 박준필의 미간이 일그러졌다. 홍보실장 진은호로부터 심상치 않은 보고를 받아서였다.

"대체 누가 그딴 영상을?"

"아까 말씀드렸던 스로틀이요! 10분 뒤에 뭔가 공개한다던 그 유튜버 말입니다."

박준필은 서둘러 문제의 유튜브 채널을 확인했다. 새 영상이 올라온 건 불과 3분 전이었다. 급히 재생해보니 이번에도 온통 검은 화면에 하얀색 자막만 떠 있는 10초짜리 짧은 영상이었다.

태산자동차의 플래그십 세단인 페스티나가 급발진으로 폭주, 현재 동해고속도로 한복판을 질주하고 있습니다. 더욱 놀라운 사실은 태산자동차의 회장인 차동주가 지금 이 차 안에 있다는 겁니다. 몹시 위급한 상황인 거죠. 대체 어떻게 된 일일까요?

심각한 내용을 담고 있었지만 아무 증거 없이 텍스트가 전부인 조악한 영상이라는 점이 그나마 박준필을 안심시켰다. 조회수도 아직 10회 남짓했다. 대중의 관심을 끌려는 발칙한 사기꾼의 장난 혹은 가짜 뉴스로 몰아가면 그만이었다.

"무시해."

"정말 그래도 되겠습니까?"

"태산자동차가 조금이라도 반응을 보이면 저 영상은 진짜로 여겨지게 돼. 무슨 말인지 알겠어? 혹시라도 영상 보고 연락하는 기자가 있으면 사실무근이라고 대응해."

"하지만……."

“하지만은 무슨 하지만! 인공지능 따위로 만든 가짜 영상이라 밀어붙이라고!”

진은호의 얼빠진 반응에 박준필은 욕지거리를 쏟아내며 질책했다.

“정신 똑바로 차려! 지금 평시 아니야, 전시야! 헛짓하면 다 죽어, 알았어?”

“네!”

“기자들, 아직 공장 투어 중이지?”

“그렇습니다. 20분 정도 뒤면 끝납니다.”

“기자들 동향 면밀하게 파악해! 3분 단위로 보고 올리라 하고!”

큰소리를 쳤지만 박준필 역시 마음이 불편하긴 매한가지였다. 스로틀에 대한 의문 역시 커져만 갔다. 놈은 대체 누구이길래 핵심 기밀을 알고 있는지, 그리고 차동주 회장이 처한 상황을 공론화해서 얻으려는 게 뭔지 전혀 가늠이 되지 않았다. 아직은 미풍에 불과했지만, 태산자동차를 들썩일 태풍으로 커질 가능성도 충분했다.

의미심장한 보고는 계속 올라왔다.

동해고속도로에서 상식을 벗어난 속도로 칼치기를 하는 차량이 포착된 블랙박스 영상도 그중 하나였다. 은백색 유선형의 차량이 2차선 고속도로를 질주하며 순식간에 사라지는 모습을 잡은 영상이었다. 조회수는 3,000회가 넘었고 댓글도 수십 개가 달렸다. 급발진 같다는 반응과 함께 태산자동차의 신차 페스티나가 아니냐는 댓글도 심심찮게 보였다. 그나마 차 안에 타고 있는 사람이 누군지 아무도 짐작 못 하는 분위기라는 게 다행이라면 다행이었다.

"스로틀이 영상을 또 올렸습니다!"

상황은 시시각각 급박하게 흘러갔다. 스로틀이 이번에 새로 업로드한 영상은 분량도 길고 내용 역시 한층 심각했다.

제 말을 믿지 않는 분들이 계시네요. 지금부터 정황 증거를 제시하겠습니다. 경찰과 차동주 회장의 운전기사가 나눈 대화가 담긴 음성 녹음 파일입니다.

이윽고 귀에 익은 목소리가 조악한 음질로 들려오기 시작했다.

[경찰이죠? 급발진 상황입니다. 도움이 필요해요!]

[급발진이요?]

[지금 180킬로로 달리고 있어요!]

[지금 선생님 위치가 어디십니까?]

[영덕에서 동해고속도로에 들어섭니다. 차량번호는 22거 2823, 은색 페스티나요!]

[급발진 시작된 지 얼마나 됐죠?]

[1분 정도요!]

[알겠습니다. 통화 끊지 마시고 계속 상황 알려주세요! 저희도 조치 취하겠습니다.]

[이 차에 태산자동차 차동주 회장님 타고 있습니다! 꼭 살려주세요!]

[누구요?]

[차동주요! 태산자동차 회장 차동주!]

[제 마음대로 회장님 신원 밝힌 건 죄송합니다. 하지만 그러는 게 훨씬 도움받기 편할 겁니다!]

[급발진이야!]

[급발진이라고! 180킬로까지 올라갔어!]

[방금 동해고속도로에 진입했어!]

[임원들 소집해. 잘못될 경우를 대비하라고! 기자들 모르게 해!]

[경찰도 현재 상황 알고 있어. 반드시 참고해.]

[신고하다 보니 일이 그렇게 됐어.]

[살아 있다면 또 전화할게!]

박준필은 귀를 의심했다. 영상은 방금 전 자신이 차동주 회장과 나눈 대화를 그대로 담고 있었다.

'스로틀 이놈은 대체 누구야……?'

영덕 제2공장 준공식 날 갑작스레 발생한 페스티나 급발진, 그리고 기다렸다는 듯 영상을 올리는 유튜버의 등장. 결론은 하나로 귀결될 수밖에 없었다.

'이것은 '사고'가 아닌 '사건'이다. 그것도 철저히 계획된…….'

박준필은 스로틀이 올린 영상을 뚫어져라 응시했다. 이제 확신할 수 있었다. 스로틀이 페스티나 급발진 사태에 연루되었을 가능성은 100퍼센트였다. 이놈의 정체가 무엇이며 목적은 무엇인지 반드시 밝혀내야만 했다.

하지만 상황은 악화일로로 치달았다.

기자들을 인솔하던 홍보팀장에게 전화가 걸려오자 박준필은 불길함을 감지했다.

아니나 다를까.

영덕 제2공장 투어를 마치고 점심 식사 자리로 이동하던 버스가 대강당으로 다시 방향을 틀었다는 보고가 들어왔다.

[기자들이 막무가내예요. 회장님이 탄 차에서 급발진이 일어난 게 맞는지 확인해야겠다고 억지로 차를 돌렸습니다…….]

"무슨 일 처리를 그따위로 해? 누가 정보 흘린 거야?"

[그게…… 문제의 유튜버가 기자들에게 직접 영상을 제보했습니다.]

"확실해?"

[확실합니다. 제 눈으로 확인했습니다!]

박준필의 미간이 깊게 주름졌다. 그는 급히 창가로 달려가 바깥을 내다보았다. 저 멀리 하나둘 모습을 드러내는 버스들이 마치 저승사자를 태운 배처럼 보였다. 급발진 은폐 계획은 심각한 위기에 처해 있었다. 이윽고 버스에서 꾸역꾸역 쏟아져 나오는 기자들을 보며 박준필은 이 상황을 돌파할 수 있는 방법은 단 하나, 모든 것을 건 도박뿐이라고 결론 내렸다.

"저녁에 접대 일정 준비해."

"네?"

“영덕이나 인근 도시에서 호텔 알아봐. 비수기니까 분명 방이 남아돌 거야. 그리고 기자 한 명당 홍보실 직원 한 명씩 투입해서 오늘 서울 한 명도 못 가게 맨투맨으로 마크해.”

원래 영덕 제2공장 출장은 오전에 서울을 출발해 오후에 복귀하는 일정이었다. 그러나 박준필이 기자들에게 예정에 없던 향응을 제공해 그들을 포섭하려 한다는 것을 눈치챈 진은호가 조심스럽게 되물었다.

“큰 의혹이 불거졌는데…… 기자들이 응하겠습니까?”

박준필은 별일 아니라는 듯 대수롭지 않게 답했다.

“그건 내게 맡기고 시키는 대로 하기나 해.”

이윽고 기자들이 대강당에 들어섰다. 원래대로라면 영덕 공장 투어를 마친 후 화기애애한 분위기로 식사를 하러 갔어야 할 이들이었다. 그런데 지금 그들은 마치 전투를 앞둔 전사와 같은 표정을 하고 있었다. 박준필은 태연한 얼굴로 연단에 올라 마이크를 손에 쥐었다.

“점심 식사하러 가실 시간에 왜 다들 돌아오셨습니까? 저희 팀장들이 제대로 안내를 안 했나요?”

가장 앞 대열에 앉은 기자가 포문을 열었다. 중반일보의 고광혁 기자였다.

“박준필 부사장님. 차동주 회장님이 정말 서울 가신 거
맞습니까?”

“맞습니다.”

“저희들이 방금 이상한 제보를 받아서요. 고심 끝에 버
스를 돌리자고 했습니다.”

“제보요? 무슨 제보요?”

“차 회장님이 탄 차가 급발진을 일으켰다는 제보던데
요.”

고광혁은 이번 영덕 출장에 참여한 기자들 중 경력과
나이가 가장 많은 최고참이었다. 선봉을 자처한 그를 꺾
어야 태산자동차가 직면한 이번 위기를 극복할 수 있음
을 박준필은 본능적으로 알고 있었다. 대강당으로 돌아온
기자들 대부분은 분위기에 휩쓸려 얼결에 따라왔을 공산
이 컸다.

“급발진이요?”

박준필은 금시초문이라는 듯 되물었다.

“네. 아까 저희 쪽에 제보가 들어왔어요. 차동주 회장님
으로 추정되는 목소리가…….”

“혹시 이거 말입니까?”

장내에 모인 기자들의 시선이 일제히 앞으로 쏠렸다.

박준필의 신호에 맞춰 가로 12미터, 세로 6미터 크기의 대형 스크린에서 스로틀이 올린 급발진 영상이 재생되기 시작했다. 사진을 촬영하는 기자들도 더러 있었으나 박준필은 눈 하나 깜짝하지 않았다. 영상이 끝나자 그의 목소리가 대강당을 가득 채웠다.

"저희 태산자동차 커뮤니케이션센터도 인지하고 있습니다. 기자님들에게 제보 들어온 게 바로 이 영상이지요?"

장내를 돌아본 박준필은 학생들을 훈계하는 선생처럼 기자들을 꾸짖었다.

"이걸 믿으십니까?"

결국은 기세다. 기세에서 밀리면 모든 게 끝장이라고 생각한 박준필은 뚫어버리겠다는 듯이 기자들의 얼굴을 하나하나 쏘아보았다.

"누가 봐도 인공지능으로 조작한 가짜 아닙니까. 문장 하나, 사진 한 장만으로 진짜 같은 영상이나 목소리를 창조할 수 있는 세상입니다. 기자님들에게 전달된 이 영상 역시 인공지능으로 만들어낸 가짜라는 게 커뮤니케이션센터의 판단입니다."

장내는 고요했다. 입을 여는 기자는 없었다. 가장 먼저 문제를 제기한 고광혁 기자마저 꿀 먹은 벙어리가 되어 아무 말도 하지 못했다.

"저희는 영덕 제2공장 준공식을 음해할 목적을 가진 누군가가 의도적으로 꾸민 음모라고 판단하고 있습니다. 이미 경찰 수사까지 의뢰한 상황입니다. 정체도 불분명한 유튜버가 만든 영상을 믿지 말고 10년 넘게 동고동락한 절 믿으세요. 거듭 말씀드립니다만 차 회장님은 아직 외부에 밝힐 수 없는 그룹 내부 문제 때문에 부득이하게 서울로 올라가셨습니다."

"…… 혹시 무슨 문제 때문인지 이 자리에서 밝힐 수는 없겠습니까?"

대표로 문제를 제기한 고광혁 기자가 다시 질문을 던졌다. 하지만 그의 기세는 첫 질문을 할 때와는 비교할 수 없을 정도로 꺾여 있었다.

"그 질문은 부득이하게 답변할 수 없음을 양해 바랍니다. 아시겠지만 재벌 총수의 일정이라는 게, 예측 불허의 연속이지 않습니까."

박준필은 다시 장내를 돌아보며 말했다.

"오늘이 무슨 날입니까? 영덕 제2공장 준공식이 열린 경사스러운 날입니다. 기자님들도 함께 축하해주러 이곳 영덕까지 먼 길을 마다하지 않고 와주신 거 아닙니까? 그런데 이런 가짜 영상에 속으시면 어찌합니까?”

급기야 자신의 시선을 피하는 기자들을 보며 박준필은 이 게임에서 승리했음을 직감했다. 기세에서 밀린 기자들이 할 수 있는 일은 없을 것이다. 대강당으로 돌아가자고 여론을 주도한 일부 고참 기자들을 향한 불평을 속으로 삼키는 게 고작일 터였다.

쐐기를 박을 때였다.

“그런데도 기사를 쓰시겠다면 더는 말리지 않겠습니다. 판단은 기자님들이 각자 하는 것이니까요. 하지만 확인되지 않은 추측성 기사가 나오게 된다면 저희 태산자동차 커뮤니케이션센터는 합당한 조치를 취할 수밖에 없다는 점, 거듭 강조드리겠습니다.”

수초가 지나는 동안 무의미한 키보드 두드리는 소리만 간헐적으로 들렸다. 기자들은 고개를 푹 숙인 채 서로의 눈치만 살폈다. 전쟁은 끝났다. 박준필은 웃으며 분위기를 바꾸었다. 승자의 여유를 베풀 차례였다.

“역시 오늘 오신 기자님들은 태산자동차의 가족입니다! 기자회견이 갑작스레 취소된 점을 사죄드리는 의미에서 저희 커뮤니케이션센터가 오늘 성대한 저녁 식사 자리를 마련하고 있습니다. 한 분도 빠짐없이 참가해주시길

간절히 청하며, 자세한 사항은 진은호 홍보실장이 안내드
릴 예정입니다."

그 한마디에, 얼어붙었던 대강당에 화색이 감돌았다.

"자, 이제 식사하러 가십시다. 밥 식겠습니다. 저희는 절
대 기자님들에게 찬밥 먹이지 않습니다. 어서 일어나세
요! 진은호 실장 뭐 해? 빨리 기자님들 모시지 않고!"

후열의 기자들이 하나둘 일어서는 동안 박준필은 서둘
러 연단에서 내려왔다. 그러고는 힘없이 짐을 싸고 있는
고광혁 기자에게 다가가 그의 손과 어깨를 잡았다.

"노여우셨다면 기분 풀어요. 회장님 관련 일이라 저도
모르게 언성을 높였어요."

박준필의 살가운 태도에 고광혁은 멋쩍게 웃었다.

"아이구, 무슨 말씀을. 저희가 헛다리를 짚었는데요,
뭘."

"아닙니다, 아니에요. 의혹 제기는 기자가 당연히 해야
하는 일이죠. 여기 오신 기자님들이 무슨 죄입니까. 그 괴
상한 제보를 던진 놈이 문제지. 그나저나 그 제보 메일 좀
볼 수 있을까요?"

고광혁은 순순히 메일함을 열어 보여주었다. 메일을 보
낸 사람의 주소는 의미를 특정할 수 없는 알파벳의 조합

으로 되어 있었다. 메일 본문에는 스로틀이 올린 유튜브 영상을 확인할 수 있는 URL 링크와 더불어 의미심장한 문장이 적혀 있었다.

태산자동차 차동주 회장이 탄 페스티나에서 급발진이 일어났습니다. 증거 영상을 첨부합니다.

확인을 마친 박준필은 고광혁의 어깨에 다시 손을 올리며 말했다.

"모쪼록 마음속에 1퍼센트라도 남아 있을지 모를 서운함은 모두 비우시도록 저녁 자리 때 제대로 모실게요. 다른 사람은 몰라도 우리 고 기자님만은 절대 오늘 서울 가시면 안 됩니다, 아셨죠?"

"여부가 있겠습니까."

"고 기자님에 대한 감사와 사죄의 의미로 중반일보에 특별 예산 증액을 좀 하라고 할게요. 인센티브 두둑이 받으시라구."

그 말에 고광혁의 표정이 확연히 밝아졌다.

"또 괜히 이상한 소문 돌면 우리 고 프로가 방향 좀 잡아주세요. 최고참다운 모습, 기대할게. 무슨 말인지 알죠?”

“아무렴요.”

박준필은 대강당을 나서는 고광혁의 발걸음이 한층 가벼워진 모습을 보고 안도했다. 절체절명의 위기에서 벗어나는 데는 일단 성공했다. 그러나 상황이 완전히 종료되었다는 의미는 아니었다. 겉으로는 내색하지 않아도 나중에 기사를 써 뒤통수를 치는 기자가 나올 수 있는 데다, 스로틀이 예상치 못한 새로운 영상을 추가로 올린다면 상황이 다시 요동칠 가능성이 없지 않았다. 문제의 근본적인 해결을 위해서는 결국 ‘본진’을 타격해야 했다. 기자들이 모두 떠나 텅 빈 대강당에 홀로 남은 박준필은 전화기를 꺼내 들었다.

[최선 다하고 있으니 걱정하지 마시라니까!]

수화기 너머에서 들려오는 하인태 경찰청장의 목소리에서는 당혹감과 짜증이 동시에 묻어 나왔다.

“어련하시겠습니까. 전화를 드린 건 다른 이유에서입니다.”

[다른 이유요? 그건 또 뭡니까?]

박준필은 스로틀의 존재와 그가 올린 영상들에 대해 말했다.

“스로틀이라는 유튜버가 차동주 회장님과 태산자동차
와 관련된 허위 사실을 마구잡이로 유포하고 있습니다.
무슨 말인지 아시겠어요? 일개 유튜버가 방금 회장님과
경찰이 나눈 대화를 토씨 하나 안 틀리고 영상으로 공개
한 겁니다.”

“그런 일이…….”

“스로틀 말입니다, 인지수사를 통해 경찰이 유튜버의
신원을 파악하는 방향으로 가시죠. 혹 부담스러우시면 지
금 제가 신고한 걸로 처리하셔도 되고요. 신속한 검거, 가
능하시죠?”

하인태가 말꼬리를 흐렸다.

[그게…… 일단 지시는 해두겠소만 큰 기대는 안 하는
게 좋을 겁니다.]

“왜죠?”

[아시겠지만 요즘 유튜버 놈들이 워낙 개인정보를 꼭꼭
숨겨놔서 말이오. 알잖소? 그놈들이 익명 뒤에 숨어 조잘
조잘 입을 놀린다는 걸.]

“어렵다는 겁니까?”

[시간이 필요하다는 뜻입니다! 범죄자 검거가 주문했
다고 당장 배달되는 물건 같은 게 아니에요.]

"어련하시겠습니까. 그저 최선을 다해주십시오."

반쯤 노기가 서린 대답에 박준필도 더는 몰아붙이지 않았다. 제아무리 태산자동차 장학생이라고 하지만 상대는 경찰청장이었다. 자존심은 지켜줘야 했다.

개운치 않은 뒷맛을 곱씹으며, 박준필은 생사를 오가고 있을 차동주 회장에게 전화를 걸었다. 지금까지 벌어진 모든 일을 총수와 공유할 필요가 있었다.

6. 또 다른 공포

차동주는 나들목을 고속으로 돌파할 당시 온몸으로 느낀 고강도 중력의 압박에서 아직 헤어나지 못한 상태였다. 그런데 박준필의 보고는 전혀 다른 차원의 공포를 안겨주었다. 차동주는 경찰이 듣지 못하도록, 손짓으로 딸에게 휴대폰을 음 소거 모드로 돌리게 시킨 뒤 되물었다.

"…… 무슨 소리야? 우리 대화가 유튜브에 유출되고 있다고?"

순간 한태수와 차세연의 시선이 차동주의 입에 집중되었다. 차세연은 급히 유튜브 콘텐츠를 검색하고 이내 스로틀이 올린 영상을 찾아 보여주었다. 차동주의 얼굴이 삽시간에 하얗게 질렸다.

"누군가가 녹음장치 같은 걸 차 내부에 숨겼을지도 모릅니다! 찾아보세요!"

한태수의 외침에 차동주와 차세연은 스위치가 눌린 로봇처럼 좌석 곳곳을 뒤지기 시작했다. 글로브 박스는 물론 시트와 시트 사이, 접이식 컵 홀더까지 살폈다.

차량 내부를 샅샅이 뒤지던 차동주는 이내 바닥 매트 아래에서 수상한 물건을 발견했다. 일부러 발을 깊숙이 뻗지 않으면 닿지 않는, 조수석과 바닥 매트의 절묘한 경계 부분에서 낯선 스마트폰 하나를 찾아낸 것이다.

손바닥만 한 크기의 검은색 스마트폰 화면에서는 유튜브 실시간 스트리밍이 진행 중이었다. 차동주는 급히 유튜브 앱을 종료한 뒤 스마트폰 전원까지 꺼버렸다.

분노가 치밀었다. 대체 누가 이런 짓을 벌인 건지 밝혀내야 했다.

그런데 그때였다.

"…… 이거 벌받는 거야."

굳게 닫혀 있던 차세연의 입에서 예상치 못한 말이 튀어나왔다.

"그게 무슨 소리야?"

"아빠, 지금 벌받는 거라고."

"무슨 뜻이냐니까!"

"급발진 사고 터질 때마다 피해자 탓으로 돌렸잖아. 아빠나 할아버지나 다 똑같아! 그게 쌓이고 쌓여서 이런 일이 벌어진 거야!"

딸의 얼굴에는 분명한 경멸이 떠올라 있었다. 차동주는 바닥 매트에서 발견한 스마트폰을 그녀의 눈앞에 들이밀었다.

"이거 혹시 네 짓이야?"

차세연은 세차게 고개를 가로저었다.

"지금 날 의심하는 거야?"

"방금 의심할 말을 했잖아!"

"나 아냐!"

"어디, 네 말이 진짜인가 보자!"

차동주는 딸의 전화기를 낚아챘다. 차세연이 전화기를 되찾으려 차동주의 손목을 억세게 비틀었다. 차동주는 신음을 토하며 전화기를 놓쳤다. 격렬한 몸싸움을 벌이는 두 사람의 모습은 마치 서로를 끝내 끊어내기로 작정한 부녀처럼 보였다.

앞서가던 자동차 세 대를 곡예 운전하듯 추월한 한태수

가 외쳤다.

"두 분이 싸울 때가 아닙니다! 차에서 숨겨진 전화기를 발견했으면 빨리 알려야죠!"

간신히 냉정을 되찾은 차동주는 딸을 노려보기만 할 뿐 더 이상 전화기를 빼앗으려 들지 않았다. 차세연도 아예 품속에 전화기를 감춰버렸다. 차동주는 고개를 절레절레 흔들며 박준필에게 전화를 걸었다.

***

'역시 그랬군……'

페스티나 안에서 발견된 정체불명의 전화기.

그것은 페스티나 급발진 사태가 '사건'이라는 걸 입증하는 증거나 마찬가지였다. 모든 정황이 하나의 방향을 가리키고 있었다. 박준필은 이번 사태가 스로틀의 음모에 의한 계획적인 사건이라고 확신하기에 이르렀다.

하지만 새로운 의문이 꼬리를 물었다.

재벌, 그것도 태산자동차 차동주 회장이 탄 페스티나를 상대로 이토록 대담한 범죄를 저지를 수 있는 자는 대체 누구일까.

박준필은 떠오르는 용의자를 닥치는 대로 메모하기 시작했다. 모든 가능성을 열어두고 정리한 이름이 열 명을 넘어선 순간 불쑥 전화가 울렸다.

액정 화면에 뜬 발신자는 전혀 뜻밖의 인물이었다.

[박준필 부사장? 나요, 태산모션텍 차정학.]

차정학 사장.

그는 차강태 선대 회장의 동생으로 계열사 중 한 곳인 태산모션텍을 이끌고 있었다. 평소 커뮤니케이션센터와는 접점이 거의 없다시피 한 그가 갑자기 전화를 해온 이유가 가늠이 되지 않았다.

"안녕하십니까, 사장님. 갑자기 어쩐 일로……?"

[공사다망한 박 부사장님 바쁘실 테니 하나만 물읍시다.]

"말씀하시지요"

[차동주 회장이 지금 곤란한 상황에 처했다던데…… 맞소?]

"네?"

[차가 급발진을 일으켰다면서? 용케 숨이 붙어 있다던데.]

박준필은 자신의 귀를 의심했다. 차동주 회장이 처한

상황은 준공식 때문에 영덕에 출장 온 극소수의 임원들만 알고 있는 기밀 중의 기밀이었다. 계열사 사장에게까지 알려질 사안이 아니었다.

'혹시 스로틀의 영상을 본 걸까……?'

그는 내색하지 않고 차정학의 속내를 떠보았다.

"어떻게 아셨습니까? 아직 그룹 차원에서는 비밀로 알고 있는데요."

[내게도 풍문을 들을 귀가 있답니다.]

"…… 알고 계신 그대로입니다."

지금 상황에서 부인하는 건 의미가 없었다. 아무리 이빨 빠진 호랑이라지만 차정학은 태산그룹 로열패밀리의 일원이었다. 일개 가신에 불과한 자신이 함부로 무게를 잴 상대가 아니었다.

[급발진이 일어났다면 십중팔구 죽거나 병신이 되지 않겠어요?]

귀에 거슬리는 표현이었다.

"그럴 리는 없습니다. 벌써 20분째 무사하십니다."

[그 운이 언제까지 이어지겠습니까.]

"마침 회장님께서 달리고 있는 고속도로는 최근 개통된 구간입니다. 차량 통행량이 많지 않아 사고 위험이 적지요. 분명 생환하실 겁니다.”

[호오, 그렇습니까? 그런데 만약 동주와 세연이가 돌이킬 수 없는 강을 건너게 된다면 말입니다, 앞으로 태산자동차는 누가 이끌게 됩니까?]

“아무래도 박수연 여사께서 책임지지 않겠습니까? 지분 상속을 통해 태산홀딩스 최대주주 지위도 확보하실 테고요.”

[수연이는 회사 일도 모르고 경영에는 전혀 관심이 없지. 막대한 상속세 때문에 십중팔구 지레 겁을 먹을 거요.]

“박수연 여사가 아니라면…….”

말끝을 흐렸지만 박준필은 이미 알고 있었다.

박수연 여사가 차동주 회장의 지분 상속을 포기한다면 다음 법정상속 순위는 다름 아닌 차정학이라는 사실을.

그리고 이를 차정학이 모를 리 없다는 사실도.

박준필은 차정학의 진짜 의도가 무엇인지 들여다보고 싶었다. 차정학은 차기 회장 후보로 전혀 거론된 적 없는 야인이었다. 그런 그가 숨겨두었던 ‘발톱’을 드러내려 하고 있었다. 그것도 매우 노골적으로.

그때 차정학이 뜻밖의 예고를 했다.

[조만간 기사 하나가 뜰 거요.]

"…… 기사라니요?"

[두고 보면 알겠지. 하여튼 대비하라는 의미에서 전화를 했어요. 그럼 이만.]

통화는 거기서 끊겼다. 박준필은 머릿속이 마구 뒤엉키는 기분이었다. 지금 무슨 일이 벌어지고 있는 건지 그림이 그려지지 않았다.

'대체 무슨 기사를 말하는 거야……?'

그는 찜찜한 마음에 포털 사이트를 열어 검색창에 '태산자동차'와 '차동주 회장' 등의 키워드를 넣고 검색해보았지만 달리 뜨는 게 없었다. 하지만 이미 마음속에 자리 잡은 불안감은 지워지지 않았다. 차정학이 의미 없는 공수표를 던졌을 리 만무했다.

그때 기자들을 감시하라고 식당으로 급파했던 진은호에게서 다급한 전화가 걸려왔다.

[부사장님, 큰일 났습니다. 강주일보에서 기사를 낼 거라고 방금 통보해왔습니다!]

"무슨 소리야? 강주일보 기자 밥 먹으러 안 갔어?"

[그게…… 안심하고 있었는데 갑자기 이러네요. 데스크하고 뭔가 교감이 있었던 모양입니다.]

"대체 무슨 기사를 쓴다는 건데?"

[회장님이 탄 차량에서 급발진이 발생했다는 기사요!]

강주일보는 국내 10대 일간지 중에서도 수위首位를 다투는 대형 매체였다. 강주일보에서 기사가 나오면 그 파급력은 절대 가볍지 않았다.

'…… 설마 차정학이 말한 기사가 이거였나?'

박준필은 즉시 강주일보 편집국장 정천만에게 전화를 걸었다. 지금은 식당까지 달려가 기자를 설득하는 것보다 위에서 찍어 누르는, 이른바 '톱다운' 방식이 바람직했다.

그러나 전화 연결이 되지 않았다.

일부러 피하는 건지, 벨 소리를 듣지 못하는 상황인 건지 알 수 없었다. 어느 쪽이든 박준필의 속을 뒤집는 건 마찬가지였다.

그렇게 3분이라는 시간이 무의미하게 흘러갔다.

"빌어먹을."

마침내 포털 사이트에 뜬 기사를 발견한 박준필은 저도 모르게 욕지거리를 내뱉었다.

[단독] T사 C회장 탑승한 F차량 '급발진' 발생 추정

강주일보 기사 입력 2025-07-21

그나마 다행인 건 기사 제목에 이름이 실명이 아닌 이니셜로 처리되었다는 점이었다. 하지만 착각이었다. 본문을 읽어보니 이니셜 따위는 무의미했다. 스로틀이 전한 내용을 고스란히 옮겼다고 해도 과언이 아닐 정도였기 때문이다. 조금만 눈치가 있는 사람이라면 기사에 적힌 이니셜이 무엇을 가리키는지 단번에 알아볼 수 있을 터였다. 더욱이 단순한 의혹 제기를 넘어 급발진 사고가 확정된 사실인 양 적혀 있다는 점도 심각한 문제였다.

박준필의 전화기에 불이 나기 시작했다.

―부사장님, 방금 나온 강주일보 기사 보셨습니까?

―태산자동차 공식 입장 나온 게 있나요?

―급발진 사고, 정말 일어난 게 맞습니까?

강주일보에서 보도한 뉴스가 사실이 맞는지 확인을 요구하는 기자들의 메시지가 쇄도했다. 지금부터 입 밖으로 꺼내는 모든 말은 문장은 물론 단어 하나하나, 심지어 쉼표 한 개가 나타내는 뉘앙스까지 그대로 기사화될 것임을 박준필은 잘 알고 있었다.

그는 즉각 휘하 직원들에게 대응 방침을 전파했다. 태

산자동차 커뮤니케이션센터의 명징하고도 확고한 메시지
는 오직 하나일 수밖에 없었다.

　—명심들 해. 어떠한 질의가 오든 우리의 대답은 '사실무
근', '허위 영상'이다.
　—팩트에 기반하지 않은 허위 기사 작성 시 법적 대응에
나선다는 경고도 잊지 마.

7. 위기관리

"거두절미하고 말씀드리겠습니다. 기사 내려주십시오. 이니셜로 처리했지만 누가 봐도 태산자동차 아닙니까?"

박준필은 최대한 감정을 절제하며 말했다. 통화 상대는 강주일보의 사회부장 최일국이었다. 여러 차례 전화해도 편집국장인 정천만이 받지 않자, 궁여지책으로 최일국 부장에게 연락한 상황이었다.

[대체 무엇이 사실이 아니라는 겁니까?]

최일국의 목소리에서는 여유로움마저 묻어났다. 누가 '갑'이고 '을'인지를 명확히 인지하고 있다는 투였다.

"페스티나에서 급발진이 발생한 일은 없습니다. 보고

받으셨는지 모르겠지만 차동주 회장님, 지금 서울로 가시는 중입니다. 사실과 다른 기사가 확산되면 회장님과 태산자동차에 큰 피해를 줄 수 있다는 걸 모르시나요?”

[글쎄요. 저희 기자가 취재한 내용과는 결이 다른 말씀인데요?]

“회장님이 탄 차에서 급발진이 발생했다고 주장하는 유튜브 영상 말입니까? 설마 강주일보 같은 큰 신문에서 허위 영상을 소스 삼아 기사를 쓰신 건 아니겠죠?”

[그 유튜브 방송, 저도 확인했습니다. 물론 소스는 그 영상이 맞습니다만, 저흰 다른 루트를 통해 팩트를 따로 체크했어요.]

“팩트 체크? 출처가 어디죠?”

[정보 출처는 취재원 보호 차원에서 말씀드리긴 곤란하고요. 이건 말씀드리죠. 저희가 확인한 바에 따르면 태산자동차 본사에는 차동주 회장님이 기자회견까지 취소해가며 긴급히 복귀해야 할 현안이 없더군요.]

“대체 그걸 누가 확인해줬습니까? 회장님만 아는 내부 정보를 그 취재원이 과연 알기나 할까요?”

[팩트를 확인해준 분도 직급이 꽤 높은 분이라는 사실도 추가로 말씀드리죠.]

박준필은 곧바로 차정학을 떠올렸다. 물론 내색하진 않았다. 허투루 말했다가는 덜미를 잡힐 수 있었다. 최일국 부장도 산전수전 다 겪은 베테랑이었다.

[참고로 그 유튜버 영상, 자체 검증을 해보니 인공지능 따위로 만든 가짜가 아닌 것 같던데요? 추가 보도 여부를 검토 중입니다.]

최일국이 계속 속을 긁어댔다. 강주일보에서 스로틀의 영상까지 대대적으로 보도해버리면 그때는 돌이킬 수 없는 결과를 초래할 수 있었다. 대중에게 스로틀의 영상이 진짜인지 아닌지는 중요하지 않았다. 사람들은 믿고 싶은 대로 믿고 보고 싶은 대로 보기 때문이다. 난감했다.

"계속 그렇게 나오실 겁니까? 정말 태산자동차와 이대로 척이라도 지시려구요?"

[어째 협박처럼 들리는데요?]

"협박이라니요. 전 커뮤니케이션센터의 입장에서 말씀을 드리는 겁니다. 태산자동차, 특히 회장님과 연관된 확인되지 않은 추측성 오보에 대해 합당한 조치를 할 수밖에 없다는 점을 다시 한번 강조하고 싶습니다."

[그 합당한 조치가 뭔지 들어나봅시다.]

"저희는 강주일보의 이번 보도에 대해 법적 대응까지

고려하고 있습니다."

[하, 참. 법적 대응? 그게 협박이 아니면 뭡니까. 아무튼 더는 드릴 말이 없을 거 같군요. 이만 끊죠.]

통화는 그렇게 끝이 났다. 박준필은 너무 강경하게 나간 게 아니었나 하고 후회했다. 어떻게든 살살 구슬렸어야 하는데 결과적으로 일을 그르쳤다는 생각이 들었다. 결국 아무것도 해결되지 못한 채 원점으로 돌아온 것이다.

"빌어먹을……."

상황은 절망적이었다. 이미 첫 기사는 나와버렸고, 후속보도들이 연달아 터진다면 그때는 정말 방법이 없었다.

'굴지의 재벌 기업 태산자동차의 신차 페스티나에서, 그것도 차동주 회장이 탄 차에서 급발진?'

아찔했다. 너무나 자극적인 이슈여서 전파력이 상상을 초월할 게 불 보듯 뻔했다. 어떻게든 그 전에 차단해야만 했다.

이를 악문 박준필은 다시 정천만 편집국장에게 연락을 시도했다. 강주일보의 최고 윗선과 교통정리만 되면 모든 게 상황 종료였다.

그토록 애를 태우던 정천만과의 통화가 마침내 연결이 되었다.

[이거 참 미안하게 됐다 아이가, 박 부사장. 내 폰이 무음으로 되가 있던 기라…… 이제야 받아서 미안테이.]

"아닙니다. 그간 강녕하셨습니까?"

[우리 박 부사장 덕분에 내는 맨날 따숩고 배 두들기며 산다. 근데 무슨 일이고?]

"기사 때문에 연락드렸습니다."

[기사? 그러고 보니 사회부장한테 들어보이까…… 태산자동차 기사 나왔다 카데?]

"바로 그 건입니다."

[아이고, 그라믄 안 되지. 번지수 잘못 짚었다 아이가. 내한테 뭐 힘이 있나. 부장이랑 담당 기자가 쓴다 카면 쓰는 기고, 와 이빨 빠진 호랑이한테 전화까지 주노?]

구렁이 담 넘듯 변화무쌍한 화법에 말려들지 않기 위해 박준필은 정신을 바짝 곤두세웠다. 정천만이 부장을 내세워 일부러 연락을 피하다 막판에 등장하는 '작전'을 짠 게 분명하다는 직감이 들었다. 진득한 부산 사투리가 유독 가증스럽게 들렸다.

"국장님. 강주일보에서 쓴 이니셜 기사, 내리는 방향으로 검토해주실 수 없겠습니까? 후속보도도 덮어주셨으면 합니다."

[와인데? 팩트가 맞아서가? 아님 오보? 어느 쪽이고?]

"사실무근이니까요. 강주일보에서 낸 보도는 있지도 않은 사실을 기반으로 한 기사입니다."

[가짜 뉴스라 카는 기가?]

"네."

[확실한 기가? 내 사회부장한테 들은 말하고는 좀 다르던데?]

"뭔지 말씀 주시면 제가 전부 해명할 수 있습니다."

[다른 데도 아니고 태산자동차 고위 관계자한테 팩트 체크도 했다 카던데, 그래도 신뢰도가 떨어진다 말이가?]

"그 최고위 관계자가 누군지 여쭤도 되겠습니까?"

[에헤이, 그거까지 말해주면 안 되지. 태산자동차 고위 관계자가 정보원이라는 거 귀띔해준 것만 해도 엄청난 기라. 사회부장이 알면 아마 내 잡아먹으러 들 거다 아이가.]

"아무튼 기사, 내릴 수 없다는 말씀입니까?"

[아까 말 안 했나. 내는 힘이 없다 카이.]

"좋습니다. 강주일보의 대답이 그렇다면 저희 태산자동차 커뮤니케이션센터도 응당 해야 할 조치를 취하도록 하겠습니다."

[아이고. 거, 사람 말 한번 무섭게 하네. 그 조치라는 게 도대체 뭔데?]

"태산자동차가 어떤 회사입니까? 한국의 자동차산업을 견인하는 굴지의 회사입니다. 그런데 출처도 불분명한 말도 안 되는 내용으로 흔들면 되겠습니까? 저희가 가만히 맞고만 있어야 하겠습니까?"

[아이고, 박준필 부사장. 진짜 사람 다시 봐야겠구만.]

"확인되지 않은, 그것도 저희 회장님과 관련된 이니셜 보도를 삭제하시지 않는다면…… 법적 대응은 물론 홍보 예산 전액 삭감도 진행하겠습니다. 저희가 강주일보 광고 매출 중 몇 퍼센트나 차지하고 있지요?"

박준필은 자신이 휘두를 수 있는 가장 강력한 무기를 꺼내 들었다.

1년 홍보 예산으로 1000억 원을 책정하는 태산자동차는 대한민국 주류 언론의 광고 매출 중 최소 3할을 책임지는 큰손이었다. 어느 언론사도 태산자동차와 척지는 부담을 떠안으려 들지 않는 이유였다. 그리고 박준필은 태산자동차의 홍보 예산을 실질적으로 주무르는 총괄 부사장이었다.

아니나 다를까. 정천만이 펄쩍 뛰었다.

[와, 법적 대응에 홍보 예산 전액 삭감하겠다 카나? 그라믄 전쟁이다. 우리도 가만있을 줄 아나? 내 당장 애들 시켜가 태산자동차랑 정치권 유착 관계 싹 다 폭로해뿐다. 너거 약점 몽땅 까발릴 기다!]

삽시간에 기류가 달라졌다. 잔뜩 흥분한 정천만의 협박이 결코 허언이 아니라는 걸 박준필은 알고 있었다. 하지만 이대로 물러설 수 없었다.

"…… 폭로하시죠. 저희도 가만있지 않을 겁니다."

불편한 적막이 수 초간 이어졌다. 먼저 입을 연 건 정천만이었다.

[에헤이, 전쟁은 무슨! 우리가 본 지 몇 년인데!]

"……."

[좋다. 내 박 부사장이랑 인연도 깊고 하니 몇 가지 배려를 해보겠는데.]

"배려요?"

[앞서 나간 기사는 내리라 시킬 끼다. 이거도 다 '박 부'니까 특별히 해주는 기다!]

박준필은 반색했다.

[근데 말이다, 만약 그게 진짜 팩트라 카면 후속기사는 내야 될 끼다. 물론 당장은 아니고.]

“무슨 의미입니까?”

[자체 엠바고를 걸겠다, 이 말이다! 후속기사는 내일 아침 9시에 나가도록 할 끼다.]

군불은 끈 셈이지만 큰불까지 진화하진 못했다.

“아예 안 내시는 방향이 더 바람직하지 않겠습니까?”

[내야 박 부사장 얼굴 봐서 그라고 싶지. 하지만 너무 위에서 찍어 누르면 애들이 펄쩍 뛴다 카이. 또, 사람 일이라는 게 어떻게 될지 모르는 거 아이가. 혹시 아나? 진짜 팩트일지도.]

박준필은 말의 행간에 숨어 있는 의미를 어렵지 않게 파악했다. 정천만 국장은 나름의 여지를 준 셈이었다. 충분한 여유 시간도 확보했다. 그동안 사태를 해소하면 기사를 막는 것이 불가능하지는 않다고 여겼다. 만약 차동주 회장이 무사 생환하기만 한다면 모든 걸 ‘없던 일’로 만드는 것도 가능한 게 태산자동차였다.

정천만 국장이 너스레를 떨었다.

[어때, 이 정도면 우리 박 부사장 입에서 나온 ‘강주일보 예산 깎는다’는 그 살벌한 말은 주워 담을 만하겠나?]

“그건 두고 봐야 알겠죠.”

[마침 말이 나온 김에…… 태산자동차가 나름 성의 표

시만 좀 하면, 내 편집국장으로서 더 힘써볼 여지는 있어 보이는데.]

"성의라면 어떤 걸 말씀하시는 겁니까?"

[우리 1년 치 홍보 예산, 확 두 배로 늘려뿌자! 그라믄 내 무슨 수를 써서라도 사회부장이 기사 내는 거 막아줄 끼다!]

날강도가 따로 없었다. 이미 태산자동차가 강주일보에게 쓰는 홍보 예산이 줄잡아 100억 원이 넘었다. 다시 말해 200억 원을 내놓으라는 소리인데, 그럴 여력까진 없었다. 더욱이 이 제안을 받아들이면 강주일보가 진행 중인 취재가 맞는다는 걸 간접적으로 인정하는 꼴이기도 했다.

"내일 오전 9시에 기사가 날 일은 없게 하겠습니다."

[내도 박 부사장 말대로 되길 바란다 카이.]

"그럼 또 연락 올리겠습니다."

문제의 이니셜 기사가 삭제된 건 그로부터 1분 뒤였다. 박준필은 지옥에서 두 발로 걸어 나온 기분이었다. 홍보팀장 진은호도 긍정적인 보고를 전해왔다.

[처음엔 기자들도 반신반의하는 분위기였는데, 강주일보 기사가 내려가니 다시 저희 쪽으로 기운 모양새입니다. 일단은 안심해도 될 듯합니다.]

“좋아. 계속 상황 보고해.”

[알겠습니다.]

8. 의심

　급한 불을 끈 박준필은 곧바로 차정학에게 전화를 걸었다. 확인해야 할 사안이 한두 개가 아니었다. 차정학은 마치 기다리고 있었다는 듯 바로 전화를 받았다.

"연락이 늦었습니다. 말씀하신 기사 처리하느라고요."

[봤소. 강주일보 기사가 뜨고 몇 분 만에 내려가더군. 역시 박준필 부사장다운 일 처리라고 생각하던 차였어요.]

"차정학 사장님이 강주일보에 사실 확인을 해준 고위 관계자 맞으시지요?"

차정학은 의외로 순순히 자백했다.

[아니라고는 말 못하겠군. 동주가 기자회견까지 취소하고 본사로 돌아갈 일이 뭐냐고 묻기에 '그런 건 없다'고 답해줬을 뿐이오.]

"혹시 기자가 급발진이 발생했는지도 묻던가요?"

[당연히 물었소. 그래도 그 질문에 대해 나는 모른다고 했어요. 나름의 의리를 지켰달까?]

병 주고 약 준 꼴이었다. 박준필은 애써 참았던 울분을 터뜨렸다.

"차 사장님은 모르실 겁니다. 지금 절 포함해 영덕에 와 있는 임원들이 어떤 지옥을 맛보고 있는지……. 차 사장님의 처세, 솔직히 서운합니다. 기자에게 질문이 와도 아무것도 모른다고 하셨어야죠."

[난들 이리 될 줄 알았나.]

능글맞게 답하는 차정학의 태도에 박준필은 마음속에서 꿈틀거리던 의혹을 밖으로 끄집어내기에 이르렀다.

"이번 급발진 사고, 혹시 차정학 사장님은 미리 알고 계셨습니까?"

[…… 지금 날 의심하는 거요?]

부인하는 차정학의 목소리에 노기가 서려 있었다. 예고 없이 전해진 의심이 심기를 건드린 모양이었다. 하지만

박준필도 물러설 생각은 없었다. 그는 이미 페스티나 급
발진 사태 용의자 목록에 차정학의 이름을 적어 넣은 뒤
였다.

"영덕 제2공장 준공식 날, 회장님이 탄 페스티나에서 급
발진이 일어났어요. 그리고 기다렸다는 듯 정체불명의 유
튜버가 영상을 뿌려대고 있죠. 이건 노린 겁니다. 배후 없
이는 불가능합니다."

[그래서, 내가 배후라도 된다는 뜻입니까?]

"지금은 누구든 의심할 수밖에 없는 상황입니다. 전 페
스티나 급발진 사태를 일으킨 배후자로 차 사장님을 경찰
에 신고할 수도 있습니다."

긴장감이 점점 고조되는 가운데, 차정학이 부인했다.

[생각해보니 내가 괜히 의심받을 짓을 한 것 같군. 하필
동주에게 이런 일이 벌어진 와중에 삼촌이라는 사람이 연
락해 차기 회장 운운했으니 말이야.]

"……"

[거듭 말하지만, 이번 급발진 사태와 난 무관해요. 지나
치게 솔직한 게 내 죄라면 죄일 뿐이지.]

"솔직하다고요?"

[생각해봐요. 내가 동주를 위험에 빠트린 진짜 배후라

면 이렇게 순순히 불겠소? 세상에 어떤 바보가 제 발등을 스스로 찍느냐, 이 말이오.]

틀린 말은 아니었다.

[게다가 강주일보 기자가 전화를 걸어오기 전부터 난 동주에게 뭔가 일이 벌어졌다는 걸 알고 있었소.]

"무슨 뜻입니까?"

[스로틀이라는 유튜버, 나한테까지 메일을 보냈더군.]

뜻밖의 얘기였다. 차정학의 증언이 사실이라면 스로틀은 영덕 제2공장 준공식에 참석한 기자들 외에 계열사 사장단을 비롯한 다른 사람들에게도 제보를 했을 가능성이 있었다.

[제보를 받았을 때는 솔직히 동주 그놈이 잘못되길 바랐소. 그래야 내게 기회가 올 테니까.]

"……."

[동주는 회장감이 아니야! 그저 아비 잘 만나 권좌에 오른 칠푼이일 뿐이지. 말만 번지르르했지 태산자동차의 실적도, 주가도 모두 박살 났잖소?]

박준필은 이제 노골적으로 야심을 드러내는 차정학에게 놀라지 않을 수 없었다. 지금 통화하고 있는 그가, 사심 없어 보이던 예전의 차정학과 같은 사람이 맞는지 의심스러울 지경이었다.

[강주일보 기자 질문에 응한 것도 다 나름의 큰 그림이 있어서였소. 박 부사장, 생각해봐요. 모름지기 창조를 하려면 파괴부터 해야 하는 법 아니오?]

"…… 그건 또 무슨 말씀입니까?"

[차동주가 주도했던 플래그십 세단 페스티나에서 급발진이라는 치명적인 결함이 발견됐다? 그것도 회장이 탄 차에? 그럼 녀석의 권위는 땅바닥에 처박히겠지. 난 그걸 바랐던 겁니다. 그래서 기자에게 협조한 거요.]

'태산자동차의 권위도 땅바닥에 처박힌다'는 말이 목 끝까지 치밀어 올랐지만 겨우 눌러 참았다. 당장에라도 통화를 끊고 싶었으나 차정학은 박준필을 놔줄 생각이 없어 보였다.

[만약의 사태가 벌어진다면 박 부사장은 누구에게 줄을 댈지 생각은 해보셨소?]

"아뇨. 아직 그럴 여력까지는 없었습니다."

[그렇다면 날 밀어보는 건 어떻겠습니까. 새로운 태산자동차의 리더로.]

"네?"

[누군가는 진두지휘하여 그룹을 이끌어야 합니다. 그렇

지 않으면 태산자동차는 혼란에 빠지고 결국 와해되고 말 겠지요.]

"그건 맞는 말씀입니다만……."

[나와 함께합시다, 박 부사장. 형님이 사람 보는 눈은 정확하지. 그건 누구도 부인할 수 없는 사실이오.]

"……."

[경선에 져서 허우적대던 박 부사장을 영입한다고 할 때만 해도 솔직히 반신반의했어요, 그런데 그간의 활약상 을 지켜보니 역시 형님의 안목은 빗나가지 않았다는 생각 이 듭디다. 방금 전 일 처리도 그렇고.]

박준필은 안경을 고쳐 썼다. 지금부터가 본론이라는 직 감이 들었다.

[아시다시피 태산자동차는 지주회사인 태산홀딩스를 정점으로 하는 피라미드 구조요. 태산홀딩스의 최대주주 가 그룹 전체를 지배하지. 그리고 태산홀딩스의 최대주주 는 우리 잘난 차동주 회장님이고. 적어도 아직까지는 말 이오.]

"……."

[다시 묻지요. 만약 이번 사고로 동주와 세연이가 나란 히 죽는다면, 둘이 갖고 있던 태산홀딩스 지분을 누가 상

속합니까?]

"박수연 여사입니다."

[수연이가 상속을 포기한다면?]

"…… 차정학 사장님이시겠죠."

차정학의 얼굴이 보이지는 않았지만, 박준필은 입꼬리를 잔뜩 치켜올린 그의 표정이 절로 상상되었다.

[왜 내가 박 부사장을 내 편으로 끌어들이려 하는지 압니까? 박 부사장에게는, 수연이가 죽은 남편과 딸의 지분을 상속받을 단 1퍼센트의 가능성마저 주저앉히게 할 여론을 조성할 수 있는 힘과 인맥이 있기 때문이요.]

박수연이 순순히 상속을 포기하면 몰라도 만약 경영에 개입하겠다는 의향을 드러낸다면, 기꺼이 언론플레이를 통해 찍어 누르겠다는 의지를 숨기지 않은 셈이었다.

[박 부사장 생각은 어때요?]

박준필은 말을 아꼈다. 차정학이 이 정도의 야심을 품고 있는 인물임을 미리 간파하지 못한 당혹감과, 그에게 줄을 대는 것이 과연 옳은지 확신할 수 없는 불확실성이 뒤섞인 결과였다.

게다가 차정학이 급발진 사태와 어떤 연관이 있을지도 모른다는 생각을 여전히 떨쳐낼 수 없었다. 태산자동차를 위기로 몰아넣으면서 사욕을 채우려는 행동도 쉽게 납득하기 어려웠다. 그가 내민 '줄'을 함부로 잡을 수 없는 이유였다.

"사장님과 이런 대화를 나누는 게 적절한지 의문이 듭니다. 일단 이번 사태를 수습하고 난 뒤에야 답을 드릴 수 있을 것 같습니다."

[좋아요. 긍정적인 답변을 기대하겠소.]

통화는 그렇게 끝이 났다. 박준필은 한숨이 나올 정도로 진이 빠지는 기분이었다.

9. 변수

"…… 뭐라구요?"

한태수로부터 뜻밖의 상황을 전해 들은 정태진이 놀라 되물었다. 정체불명의 자동차 한 대가 페스티나를 바짝 추격하고 있다는 내용이었다. 시속 180킬로미터에 육박하는 속도로 질주하는 도로 위의 시한폭탄이 또 하나 생겼다는 의미였다.

"혹시 그 차도 급발진일까요?"

[아뇨. 그런 것 같진 않습니다. 의도적으로 뒤를 따라오고 있어요!]

"차량번호 확인 가능합니까?"

[12마 3522.]

"일단 침착하시고 페이스대로 운전하세요. 괜한 시비에 휘말리면 안 됩니다."

정태진은 마른침을 삼켰다. 보통 큰일이 아니었다. 차동주 회장이 사고를 피하도록 아슬아슬하게 유도하는 것도 버겁던 상황에 페스티나의 꼬리를 문 정체불명의 자동차까지 등장하다니. 생각지도 못한 변수였다. 하승재가 차적 조회를 마쳤지만, 해당 차량번호 차주의 이력에서 전과나 특이 사항은 눈에 띄지 않았다.

"가장 가까운 암행순찰차 위치 좀 파악해봐!"

암행순찰차는 평상시 일반 차량으로 위장해 있다가 교통법규를 위반한 차를 발견하면 사이렌과 함께 정체를 드러내는 고속도로의 암행어사들이었다.

"마침 동막 나들목에서 한 대 대기 중이랍니다. 바로 보내겠습니다."

천만다행이었다. 동막 나들목이라면 곧 페스티나가 통과할 지점에서 자연스럽게 합류할 수 있었다. 정태진은 대략적인 정보 전달을 위해 암행순찰차에 무전을 쳤다.

[암행 둘, 이게 누구야? 정태진이 아니야?]

낯익은 목소리에 정태진의 낯빛이 밝아졌다.

목소리의 주인공은 경찰대 동기인 강태식 경위였다. 강태식은 경찰대 출신에게 보장된 출셋길과 승진을 거부하고 암행순찰차를 운전할 수 있는 경위 계급에 머물 만큼 운전에 미쳐 있었다. 다른 암행순찰차들은 하루에 400킬로미터에서 500킬로미터가량 달린다면 그는 600킬로미터 넘게 주행할 정도였다. 동기들 사이에서 '또라이' 혹은 '슈마허'로 불리는 이유였다.

"암행 하나, 인사는 나중에 하고 즉시 폭주 차량을 추격하라."

[예투, 끝나고 한잔합시다. 종발.]

정태진은 천군만마를 얻은 기분으로 한태수와 교신했다.

"곧 암행순찰차가 붙을 겁니다. 폭주 차량 단속할 테니 조금만 견디세요!"

정태진은 한시라도 빨리 문제의 자동차를 멈춰 세웠다는 교신이 오길 바랐다. 일분일초가 급한 상황이었다.

***

[스로틀이 또 영상을 올렸습니다!]

박준필이 긴급 보고를 받은 건 차정학과 통화를 마친

지 불과 2분 뒤였다. 급히 확인해보니 이번에는 30초 분량의 영상이었다. 이것 또한 내용이 심상치 않았다.

[무슨 소리야? 우리 대화가 유출되고 있다고?]

차동주의 목소리였다.

[누군가가 녹음장치 같은 걸 차 내부에 숨겼을지도 모릅니다! 찾아보세요!]

이윽고 차 내부를 뒤적이는 듯한 소음이 간헐적으로 전해졌다. 한태수의 목소리도 섞여 있었지만, 명확히 들리지 않았다.

[이거 벌받는 거야.]

목소리의 주인은 분명 차세연이었다.

[그게 무슨 소리야?]

[아빠, 지금 벌받는 거라고.]

[무슨 뜻이냐니까!]

[급발진 사고 터질 때마다 피해자 탓으로 돌렸잖아. 아빠나 할아버지나 다 똑같아! 그게 쌓이고 쌓여서 이런 일이 벌어진 거야!]

[이거 혹시 네 짓이야?]

[지금 날 의심하는 거야?]

[방금 의심할 말을 했잖아!]

[나 아냐!]

[어디, 네 말이 진짜인가 보자!]

다투는 듯한 소리가 이어졌다.

[두 분이 싸울 때가 아닙니다! 차에서 숨겨진 전화기를 발견했으면 빨리 알려야죠!]

영상은 여기까지였다.

박준필은 농락당한 기분이었다. 분명 차동주는 페스티나 안에서 유튜브 앱의 실시간 스트리밍 기능이 켜진 스마트폰을 찾아 처리했다고 했지만, 스로틀이 새로 올린 영상에는 스마트폰을 찾는 과정과 찾은 이후의 대화가 여과 없이 담겨 있었다.

그렇다면 결론은 하나였다.

'범인은 전화기를 한 개만 숨겨둔 게 아니었어!'

박준필은 즉시 차동주에게 전화를 걸었다. 더 이상의 대화 유출은 막아야 했다. 페스티나 내부에서 녹음이 진행되는 동안 어떤 폭탄 발언이 나왔을지 상상하기도 두려웠다. 하지만 기나긴 연결음이 이어진 뒤에도 연락은 닿지 않았다. 급한 마음에 그는 문자메시지로나마 상황의 긴급성을 알렸다.

─지금부터 아무런 말씀도 마십시오.

─아까부터 계속 대화가 유출되고 있습니다.

─보시는 대로 바로 전화주십시오.

속이 타들어갔다. 용의자의 숫자도 계속 늘어났다. 박준필은 급기야 페스티나와 직접 소통하고 있는 경찰관까지 용의선상에 올리기에 이르렀다.

박준필도 알았다. 경찰이 스로틀과 직접적으로 관련이 있을 가능성은 낮다는 것을. 하지만 그 가능성이 제로가 아닌 이상, 지금은 모든 경우의 수를 검증해야 했다.

가상의 시나리오도 써보았다.

태산자동차 영덕 제2공장 준공식에 맞춰 범인이 페스티나의 급발진 오류 발동을 유도한다. 범인과 미리 입을 맞춘 경찰은 공조자로서, 영덕 제2공장 준공식이 열리는 날로 업무 날짜를 조정한 뒤 외부에 영상을 유포하는 역할을 맡는다…….

불가능한 시나리오 같아 보이진 않았다.

[또 무슨 일입니까?]

전화기 너머에서 들려오는 하인태의 목소리에는 노골적인 짜증이 묻어나 있었다.

"지금 회장님과 소통하는 경찰이 누굽니까?"

[그건 왜요?]

"아까 말씀드린 스로틀이라는 유튜버 말입니다. 회장님과 경찰이 나눈 대화를 토씨 하나 안 틀리고 영상으로 제작해서 올리고 있어요."

[그래서요?]

"경찰 측 소행이 아닌가 해서요."

[뭐요? 지금 우리 애들을 유포자로 의심하는 겁니까?]

"물론 그럴 리는 없다고 보지만…… 지금은 모든 가능성을 염두에 둬야 할 때입니다."

[아무리 그래도 그건 비약이요! 말도 안 되는 소리라고! 태산자동차 쪽 사람이 범인일 수도 있잖아요?]

"누가요? 차에 탄 사람은 회장님과 따님, 운전기사뿐입니다. 급발진이 발생한 차에 탄 세 사람 중 하나가 대화를 녹음해서 특정 유튜버에게 흘린다고요? 그게 말이 된다고 생각하십니까?"

[그래도…….]

"저도 아닐 거라 생각합니다만 확실히 하는 게 좋지 않겠습니까. 일단 회장님과 소통하는 경찰관이 혹여 이상한 일을 벌이고 있는 건 아닌지부터 확인해주십시오. 아시겠습니까?"

박준필은 명령하듯 통보했다. 누가 갑이고 누가 을인지 명확히 인지시킬 필요가 있었다.

10. 100만 유튜버

"…… 빌어먹을. 대체 저 새끼들 뭐야?"

차동주가 거칠게 욕설을 내뱉었다. 정체불명의 검은 자동차가 금방이라도 추돌할 듯이 바짝 따라붙더니, 차창에서 불길한 섬광을 연신 번쩍였다. 카메라 플래시 같았다.

"회장님 사진을 찍으려는 것 같습니다!"

차동주의 얼굴이 순식간에 흙빛으로 변했다. 급발진 중인 페스티나에 탄 자신의 사진이 대문짝만하게 찍혀 공개된다면 태산자동차의 이미지는 회복이 불가능할 정도로 추락할 게 뻔했다. 설상가상으로 폭주 차량이 후미를 지나 페스티나 측면에 바짝 붙자 차동주는 다급히 고개를 숙였다.

"저 차, 따돌릴 수는 없겠나?"

"힘듭니다."

"어째서?"

"따돌리려면 속력을 높여야 하는데…… 만에 하나 감속이 되지 않으면 200킬로가 넘는 속도로 달려야 될 수도 있습니다. 위험해요!"

"빌어먹을……."

"경찰이 암행순찰차 보낸다고 했으니 조금만 기다려보시죠."

"그 암행순찰차가 대체 어디에 있는데?"

극도의 불안감과 스트레스를 떨쳐내지 못한 차동주가 버럭 소리를 질러댔다. 급발진이라는 극한 상황에 한계를 느끼는 와중에 이런 굴욕까지 당하니, 차라리 어디든 충돌해 깔끔하게 끝났으면 하는 극단적인 마음이 들 정도였다.

사진을 찍으려는 쪽과 찍히지 않으려는 쪽의 술래잡기가 극에 달할 무렵, 마침내 크고 우렁찬 사이렌 소리가 동해고속도로에 울려 퍼졌다. 흑표범처럼 매끄럽게 빠진 곡선형의 검은 세단이 폭주 차량 꼬리를 바짝 물었다.

[거기 폭주 뛰는 차주분. 차 세워요, 빨리!]

암행순찰차의 경고에도 불구하고 정체불명의 자동차는 페스티나에서 멀어지지 않았다. 그렇게 자동차들의 시속 180킬로미터를 넘나드는 아슬아슬한 경주가 시작되었다.

***

3분 전.

"야, 방금 봤어?"

조민석은 정면에서 시선을 떼지 못한 채 물었다. 조수석에 앉아 스마트폰 화면에 고개를 처박고 있던 박태식이 건성으로 대답했다.

"뭔데?"

"방금 칼치기 말이야. 못해도 속도가 200킬로는 돼 보이던데?"

"미친, 대한민국에서 누가 그렇게 밟는다고."

"너, 똑바로 말해. 못 봤지?"

"지랄. 그래, 딸 본다고 못 봤다. 이 언니 죽이지 않냐?"

"야이…… 아까 T사 C회장이 탄 차에서 급발진 일어났다는 기사 떴잖아?"

“어.”

“동해고속도로를 달리고 있고.”

“어.”

“아무리 생각해봐도 말이야, 그 이니셜은 태산자동차 차동주 회장 아니겠냐?”

“왜, 설마 방금 칼치기가 기사에 뜬 그 차인 거 같아서 그래?”

“그거야 확인해보면 알겠지.”

“아닐 수도 있잖아. 기사, 지금은 삭제됐어.”

운전대를 매만지던 조민석이 갑자기 예고도 없이 액셀을 힘껏 밟았다. 갑작스러운 속도 변화에 놀란 박태식이 보조 손잡이를 붙들며 다그쳤다.

“미쳤어? 지금 뭐 하는데? 속도 안 줄여?”

“있어봐, 좀.”

“미쳤냐고!”

“닥치고 있어. 봐! 하꼬 유튜버 신세 벗어날 기회인데 이걸 어떻게 참아?”

“무슨 개소리야?”

“정말 태산자동차 회장이 탄 차라면?”

목청껏 부르짖은 조민석의 이마에 핏대가 돋아났다. 그

는 추월차로와 주행차로를 거침없이 넘나들며 앞을 가로
막는 차들을 연이어 제쳤다.

"무려 태산자동차 회장이 탄 차에서 급발진이 발생했다
잖아! 그걸 우리가 영상을 찍어서 올리면 어떻게 되겠어?
조회수 달달하게 빨아먹을 수 있겠단 생각 안 들어?"

"미친 새끼야! 그래도 이건 아니잖아! 잘못하다 뒈질 수
있다고!"

"형이 카체이싱 전문이잖아! 걱정 붙들어 매!"

"씨발! 새끼야, 난 오래 살고 싶으니까 속도나 줄여!"

"닥치고 영상 준비나 해! 금방 따라잡는다!"

조민석은 3년 넘게 영화판에서 구른 베테랑 스턴트맨
이었다. 하지만 박봉과 생각보다 부족했던 열정 때문에,
그리고 유튜브가 돈이 된다는 말에 혹해 모든 걸 때려치
우고 나온 게 1년 전이었다.

무턱대고 전업 유튜버로 전향한 조민석은 스턴트 묘기
등을 주된 콘텐츠 삼아 영상을 올렸으나, 가끔 달리는 악
플이 고마울 정도로 반응이 없었다. 구독자가 1,000명대
에서 좀처럼 늘지 않는다는 점도 문제였다.

'유튜버를 접어야 하나? 근데 유튜버마저 그만두면 뭘
해 먹고살지……?'

해답을 찾기 위해 조민석은 친구이자 편집자인 박태식과 함께 무작정 동해로 달렸다. 머리도 식히고 아이디어도 짜내기 위한 여정이었다. 그런데 거짓말처럼 태산자동차 회장이 탄 것으로 추정되는 급발진 차량과 조우한 것이다. 눈이 뒤집힐 수밖에 없는 이유였다.

'오늘이 대운 터지는 날이다!'

속도는 어느새 시속 200킬로미터에 육박했다. 아드레날린이 솟구쳤다. 이대로 사고로 죽어도 무관하다는 생각이 들 정도였다. 100만 유튜버가 될 수 있다는 일말의 가능성이 조민석을 무모하게 만들었다.

"빙고!"

목숨을 건 질주가 마침내 빛을 발했다. 눈앞에서 순식간에 사라진 은백색 자동차를 포착한 것이다. 외관을 보니 얼마 전 출시된 태산자동차의 신차 페스티나가 틀림없었다. 차동주 회장이 타고 있다는 확신이 배가 되었다.

입가에 미소가 번진 조민석이 목표 차량의 꼬리를 바짝 물었다. 페스티나는 급발진을 일으킨 게 맞는지 의심스러울 정도로 안정적인 주행과 칼치기를 이어가는 중이었다. 누군지는 몰라도 운전대를 잡은 사람의 실력이 굉장해 보였다. 간만에 호승심이 발동한 조민석의 몸이 바짝 달아

올랐다.

"뭐 해? 촬영 준비하지 않고!"

쉴 새 없이 욕지거리를 내뱉던 박태식도 홀린 듯이 카메라를 꺼내 연신 셔터를 눌러댔다. 차동주 회장의 얼굴을 사진에 담을 수만 있다면 앞으로의 인생이 달라질 것이라는 확신이 전염병처럼 두 사람에게 번졌다.

"플래시 터뜨려! 얼굴 확실히 찍게!"

"옆으로 바짝 붙일 수는 없어? 각이 안 나와!"

"와이 낫?"

조민석은 차선을 바꾼 뒤 힘껏 액셀을 밟아 페스티나와 나란히 달리기 시작했다. 페스티나 뒷좌석에 타고 있던 두 사람이 필사적으로 몸을 낮추는 광경이 포착되었다. 차동주 회장이 아니고서야 저렇게까지 자신을 숨길 이유가 없었다.

먹이를 제대로 문 것이다.

문제는 여전히 결정적인 사진을 건지는 게 쉽지 않다는 사실이었다. 한 손으로는 카메라 셔터를 누르고, 다른 손으로는 스마트폰으로 영상을 촬영하던 박태식이 소리쳤다.

"빌어먹을, 여기서도 각이 안 나와! 저것들이 고개 처박고 있어서 제대로 찍을 수가 없어!"

난감한 건 그뿐만이 아니었다. 페스티나가 갑자기 차선을 바꾸더니 곧바로 갓길로 주행하기 시작했다. 깜짝 놀란 조민석은 이를 악물며 페스티나를 따라 방향을 틀었다. 이윽고 정체된 자동차들이 길게 늘어선 행렬이 나타났다. 단 두 대의 차량만이 가공할 속도로 정체 구간을 옆에 낀 채 질주했다. 한순간의 실수도 큰 사고로 이어질 수 있는 위험천만한 상황이었지만 조민석은 오히려 낄낄 웃기만 했다. 스턴트맨 생활을 하던 시절이 떠올랐다.

정체 구간을 벗어나자 페스티나는 다시 추월차로로 차선을 변경했다. 조민석도 바로 옆 주행차로를 달리며 아슬아슬한 추격전을 이어갔다.

"아직도 쓸 만한 거 못 건졌어?"

질책 섞인 질문에 욱했는지 박태식이 신경질적으로 외쳤다.

"사진기가 구려서 자꾸 흔들려! 그러게 지난달에 좋은 걸로 바꾸자고 했잖아!"

말다툼은 오래가지 못했다. 예기치 못한 변수가 발생해서였다. 갑자기 요란한 사이렌 소리가 울려 퍼졌다. 룸미러로 확인하니 검은 세단이 새빨간 경광등을 번쩍이며 뒤를 바짝 쫓고 있었다. 암행순찰차였다.

[거기 폭주 뛰는 3522 차주분. 차 세워요, 빨리!]

경찰의 확성기 소리에 당황한 박태식의 얼굴이 새파랗게 변했다. 하지만 조민석은 오히려 비릿한 미소를 지어 보이더니 순식간에 박태식의 스마트폰을 낚아챘다.

"지금 이거 동영상 촬영 모드지?"

"뭐 하려고?"

"나 하는 거나 잘 봐둬, 이 아마추어야!"

조민석은 페스티나 쪽으로 시선을 돌렸다. 지금 상황에서 차동주 회장의 영상을 확보할 방법은 단 하나뿐이었다. 바로 운전석에서 직접 스마트폰을 내밀어 상대 차량 내부를 촬영하는 것이었다. 위에서 밑을 내려다보는 구도인 만큼 제아무리 몸을 숙여 숨어도 최소한 뒤통수는 촬영할 수 있을 거라는 판단이 섰다.

갑자기 조민석이 창문을 내리자 박태식이 기겁하며 소리쳤다.

"야, 너 미쳤어?"

창밖에서 들이닥친 무시무시한 바람 소리가 그의 외침을 완전히 집어삼켰다.

'할 수 있어, 할 수 있다고!'

두렵지 않다고 하면 거짓이었다. 하지만 조민석은 애써

자신을 다독였다. 이 정도는 아무것도 아니라고 자기최면을 걸었다. 시속 180킬로미터가 넘는 속도로 달리는 차에서 스턴트 연기를 해본 적은 한 번도 없었지만 문제될 것은 없다고 여겼다. 목숨을 걸고 촬영한 차동주 회장 영상이 모두의 이목을 끌 거라 상상하니 없던 힘도 솟아났다.

'언제까지 따까리 인생만 살아야 돼? 씨발! 나도 100만 유튜버 한번 되어보자!'

마침내 조민석은 스마트폰을 쥔 왼손을 창밖으로 내밀었다. 감당하기 힘든 풍압이 덮쳐왔지만 이를 악물고 버텼다. 페스티나 안에서 몸을 이리저리 피하는 모습이 그대로 스마트폰 카메라에 잡혔다. 필사적으로 숨으려 하는 상대의 모습이 마치 밟히지 않기 위해 몸부림치는 개미를 보는 듯했다. 짜릿했다. 희열이 느껴졌다.

그러나 그 순간.

촬영에 집중한 조민석은 앞서 주행차로를 달리던 덤프트럭의 존재를 인지하지 못했다. 무게가 25톤이 넘는 거대한 쇳덩이를 발견했을 때는 이미 늦었다. 급제동을 걸기에 시속 190킬로미터는 너무나 빠른 속도였다.

11. 승부수

박준필은 초조해졌다.

여전히 차동주에게서는 아무런 답이 없었다. 문자조차 확인하지 않고 있었다. 뭔가 일이 벌어졌을지 모른다는 불길한 예감이 그를 잠식했다. 한 시간 가까이 이어진 행운이 결국 끝나버린 것일지도 몰랐다.

그는 스로틀의 유튜브 채널이 뜬 휴대폰 화면만 조용히 뚫어져라 노려보았다. 만약 무슨 일이 생겼다면 놈이 가장 먼저 영상을 업로드할 것이라는 판단에서였다.

스로틀 채널 영상의 조회수가 꾸준히 오르는 광경은 불편했다. 한 자리씩, 때로는 두 자리씩 숫자가 뛰었다. 진실이든 거짓이든, 태산자동차가 연루된 의혹이 확산되는 과정을 맥없이 지켜보기만 하는 건 결코 유쾌한 경험이 아니었다.

'차강태 회장이라면 이 상황을 어떻게 해결했을까?'

태산자동차를 창업한 초대 회장 차강태.

불굴의 의지를 가진 철인.

앞을 가로막는 장애물은 무엇이든 수단을 가리지 않고 치우고야 마는 목표지향적인 경영자.

그라면 분명 생각지도 못한 방법으로 돌파구를 찾아냈을 거란 확신이 들었다. 박준필은 답이 보이지 않는 상황에 직면할 때면 늘 차강태 회장처럼 생각하려 했다. 그만큼 차강태 회장과 처음 만난 순간은 강렬하고도 파괴적이었다.

11년 전.

유력 국회의원의 비서관, 시민단체 사무국장, 대통령실 홍보기획비서관까지……

박준필의 이력은 누구보다 화려했다. 남부러울 것 없는 인생이었다. 정치를 해보라며 헛바람을 불어넣은 선배가 화근이었다.

"당에서 '40대 젊은 기수'를 찾고 있다. 네가 제격이야."

그 말에 박준필의 귀가 솔깃했다.

국회의원.

정치의 상징이자 국민의 일꾼.

하지만 박준필이 비서관 시절 곁에서 지켜본 국회의원들은 '일꾼'과는 거리가 멀었다. 그들은 언제 어디서든 '갑 중의 갑'이었고 크고 작은 로비를 끊임없이 받는 '먹깨비' 같은 존재였다.

권력의 정점.

하고자 하면 무엇이든 할 수 있는 자리.

'마냥 남들 뒤치다꺼리만 하다 갈 수는 없잖아?'

그렇게 박준필은 홍보기획비서관을 사임하고 선배가 속한 정당에 입당했다. 모든 게 뜻대로 될 줄 알았다. 권력을 손에 넣고 '영감님' 소리를 들으며 대접받을 날을 기대했다.

그러나 먹음직스러운 과일은 남의 눈에도 탐스러워 보이기 마련이었다.

본선에 진출할 후보를 가리는 경선부터 경쟁은 과열 양상이었다. 특히 박준필과 같이 '40대 기수' 기치를 내건 경쟁 후보의 네거티브 공세가 격했다.

급기야 그 불똥이 가족에게까지 튀었다.

[단독] 박준필 후보 외아들 외고 입시 비리 의혹

[이슈인사이드] 청와대 비서관 권한 남용? …박준필 아들 성적표 보니

[이슈점검] '아들 입시 비리' 박준필 후보 입장 밝혀야

근거 없는 의혹 보도가 쏟아졌다.

박준필이 홍보기획비서관 시절 권한을 남용해 기준 미달인 외아들을 외국어고등학교에 입학시키는 입시 비리를 저질렀다는 뉴스들이었다. 네거티브를 지양하고 정책 공약으로 승부를 보려 했던 박준필은 크게 당황했다.

"새빨간 거짓말…… 허위 보도, 가짜 뉴스입니다. 민형사상 고소 고발 등 모든 조치를 즉각 취하겠습니다!"

권한 남용도, 실력 미달도 무엇 하나 사실이 아니었다.

그러나 이미 선동된 대중에게 진실 여부는 중요하지 않았다. 자극적인 메시지에 달아오른 여론을 쉽사리 돌이킬 수 없었다. 수많은 증거와 반박 자료를 들이밀어도, 뒤늦게 네거티브로 반격을 시도해도 기류는 바뀌지 않았다.

"아드님이 응급실에 실려 갔다고 합니다!"

아들이 자살을 시도했다고 했다. 학교에서 극심한 따돌림을 당했다고 했다. 연이은 네거티브 보도로 인해, 학교에

입학하지 못했어야 할 '자격 미달'로 낙인찍혔다고 했다.

높이 올라간 만큼 추락의 충격은 컸다. 평탄하고 남부럽지 않은 삶을 살아온 아들에게 감당할 수 없을 시련이 몰아쳤다.

끝내 아들이 '식물인간' 판정을 받은 날, 박준필은 후보 사퇴를 선언했다.

외부와의 모든 소통을 끊고 칩거에 들어갔다. 어디서부터, 무엇이, 어떻게, 왜 잘못되었는지 되돌아보았지만 답을 찾을 수 없었다. 시간은 무의미하게 흘렀다. 깊어진 불화로 인해 아내와도 결국 갈라섰다. 그렇게 모두가 하나둘 그의 곁을 떠났다.

[거기, 박준필 씨 맞습니까?]

예고 없이 전화를 걸어온 칼칼한 목소리의 노인은 다짜고짜 자신을 만나러 오라고 했다. 그는 다름 아닌 차강태 선대 회장이었다.

차강태.

굴지의 자동차 회사 태산자동차를 설립해 재계 서열 3위에 올려놓은 입지전적인 기업가. 뉴스에서만 접하던 대기업 총수인 그가 무슨 이유로 모든 걸 잃고 추락한 자신에게 연락을 해온 건지 박준필은 가늠하지 못했다.

다음 날.

태산자동차 사옥에서 처음 만난 차강태 회장은 인사 대신 비수부터 날렸다.

“박준필이, 네가 왜 선거에서 졌다고 생각하나?”

아무런 대비 없이 얻어맞은 박준필은 무슨 말을 했는지 기억나지 않을 정도로 정돈되지 않은 대답을 늘어놓았다. 듣다 못한 차강태가 말을 끊었다.

“일국의 대통령을 지척에서 모신 가신이, 그래 애새끼 하나 욕보인다고 지레 겁먹고 오줌을 지렸는데 그 꼴이 멀쩡하면 그게 정상인가?”

박준필은 아무 대답도 하지 못했다.

“넌 말이다, 충분한 힘이 있는데도 그걸 제대로 쓰지 못해 당한 거다.”

막말에 가까운 혼찌검이었지만 이상하게도 기분이 나쁘지 않았다. 오히려 정신이 번쩍 들었다. 그 누구도 차강태 회장처럼 직설적으로 말해준 적이 없었다.

“박준필이, 정치는 왜 하려고 했나?”

“모르겠습니다. 그저 그게 순리라고 생각한 것 같습니다.”

“헛똑똑이 같으니. 신념도, 목적도 없이 정치에 도전하니 그 꼴이 된 거다."

"……."

"정치 그거 고작 5년짜리 인생이다. 널 수렁으로 밀어 넣은 그놈도 정작 본선에서는 졌더구먼. 어디 그게 사람이 할 짓이야?"

쉴 새 없이 박준필을 질타하던 차강태가 불쑥 제안을 던졌다.

"너, 우리 태산의 입이 돼라."

"…… 네?"

"태산자동차 커뮤니케이션센터장이 공석이야. 다른 놈팡이들은 반대했지만 난 박준필이 네가 아주 제격이라고 본다."

"이유를 여쭤도 되겠습니까?"

끈이 다 떨어진 퇴물 정치 지망생에게 관심을 가진 배경이 궁금했다.

"박준필이 넌 좋은 칼이다. 게다가 값비싼 수업료를 이미 치렀어. 다시 기회만 주어진다면 주어진 힘을 원 없이 휘두르겠지. 그게 이유다."

차강태는 박준필의 손을 잡았다. 노인의 손이라고는 믿기지 않을 만큼 뜨거운 온기가 전해졌다.

"와서 태산의 입이 되어라. 말의 힘으로 우리 앞을 가로 막는 모든 걸 치워버려라."

박준필은 태산자동차에서 인생 2막을 맞이했다.

차강태의 안목은 틀리지 않았다. 어설픈 관용과 대처, 허위 의혹의 확대 재생산으로 인해 아들과 모든 것을 잃었던 박준필은 그야말로 무자비해졌다. 태산자동차에 조금이라도 흠집이 날 수 있는 이슈가 발생하면 '탄압한다' 는 뒷말이 나올 정도로 단호하게 대응했다.

센터장 취임 직후, 출시를 앞둔 태산자동차의 신차 품질을 놓고 비판하는 매체가 있었다. 박준필은 해당 매체에 배정되었던 홍보 예산을 전액 삭감하고 기사를 작성한 기자는 물론 소속 언론사의 편집국장까지 고소하는 강수를 뒀다. 결국 해당 언론사는 정정 및 사과 보도문을 게재하며 굴욕적인 패배를 인정했다. 이 사건은 업계에서 박준필의 악명을 드높인 계기가 됐다.

'나와 내 아들, 그리고 태산자동차에 위해를 가하는 놈들에게 자비는 없다.'

회상을 마치자 그는 정신이 번쩍 들었다. 혼란했던 마음이 단번에 정돈된 기분이었다. 정상적이라고 할 수 없는 지금의 위기를 돌파하려면 정상적이라고 할 수 없는 수를 써야 했다.

마치 차강태 초대 회장이 합법과 탈법을 교묘히 오가며 사세를 키웠던 것처럼.

마침내 결단을 내린 박준필은 영덕에서 인사를 나눈 기자들의 명함을 테이블 위에 흩뿌린 뒤 냇가에서 사금을 채취하듯 한 장 한 장 신중히 살펴보았다. 그러고는 그중 하나를 집어 들었다. 박준필은 지금부터 기자를 사칭해 스로틀의 정체를 파악하고 그가 어떤 목적을 갖고 있는지 직접 알아내기로 한 것이다.

기자 사칭 자체는 범죄가 아니었지만 태산자동차 커뮤니케이션센터를 이끄는 부사장이 그런 행위를 했다는 사실이 알려지면 그룹 이미지에 타격을 입을 것이 분명했다. 도의적 책임을 지게 될 수도 있었고, 그로 인해 이제까지 쌓아온 명성이 크게 훼손될 수도 있었다.

그럼에도 불구하고 박준필은 스로틀의 정체를 밝혀 놈의 의도를 분쇄할 수만 있다면 충분히 시도해볼 가치가 있다고 여겼다.

'주어진 힘은 물론, 갖지 못한 힘까지 휘둘러야 할 때다.'

박준필은 스로틀이 올린 모든 영상에 댓글을 달았다.

오늘일보 사회부 박수호 기자입니다. 올리신 영상 인상 깊게 보았습니다. 더 자세한 사연을 듣고 싶습니다. 연락 기다리겠습니다. junpil@portal.com

작업을 마친 그는 이메일 수신함에 들어가 '새로고침'을 반복하며 스로틀의 메일을 기다렸다. 스로틀이 댓글을 확인하고 연락을 해올지는 알 수 없었지만, 응할 가능성이 높다고 판단했다.

'스로틀은 분명 자신이 만든 영상이 언론을 통해 널리 퍼지길 바랐을 거야. 하지만 자신의 뜻대로 흘러가지 않는 지금, 지푸라기라도 잡고 싶은 심정일 테지……'

영상에 달린 댓글들은 시시한 감상이나 진실 여부가 의심스럽다는 반응이 대부분이었다. 이런 가운데 현직 기자가 관심을 드러내면 스로틀 입장에서는 무시할 수 없을 것이라는 게 박준필의 판단이었다.

'주사위는 던져졌어.'

1초가 억겁같이 느껴졌다. 머릿속에서 온갖 생각과 잡념이 떠오르고 사라지기를 반복했다. 한 편의 스릴러처럼 급작스럽게 시작된 이번 사건 역시 무사히 해결될 것이라 믿어 의심치 않았다. 어떤 결말이 기다리고 있을지 아직 장담할 수 없었지만, 모든 악당을 때려눕히고 결국 환하게 웃는 영화 속 주인공이 될 거라는 확신이 들었다.

이윽고 박준필의 손가락이 멈칫했다.

신규 메일 도착 알림 표시를 발견한 순간이었다.

12. 가속

모든 것은 찰나의 순간에 벌어졌다.

차동주는 자신을 노리던 검은 차량이 덤프트럭과 추돌하는 처참한 광경을 목격했다. 자동차는 탑승자들의 생존을 장담할 수 없을 정도로 파손이 극심했다. 문자 그대로 짓이겨졌다. 사고로 인해 발생한 이명은 바로 옆에서 차세연이 내지르는 비명마저 묻어버릴 정도였다.

공포도 엄습했다. 한 끗 차이로 면한 사고의 충격 때문만은 아니었다. 어느새 시속 190킬로미터까지 치솟은 속도는 그 자체로 온몸을 압박했다. 방금 발생한 사고는 머잖아 자신에게도 찾아올 죽음의 전주곡처럼 느껴졌다.

“세우라고 했을 때 세웠어야지……!”

사고를 막지 못한 강태식도 탄식했다. 고속도로에서 십 수 년을 지내왔지만 지금 겪은 사고만큼 처참한 광경을 목격한 건 손에 꼽을 정도였다.

하지만 언제까지 충격에 빠져 있을 수는 없었다. 호위 대상인 페스티나가 이미 저만치 멀어졌기 때문이었다. 강태식은 액셀을 힘껏 밟으며 조수석에 앉은 김은호 경장에게 외쳤다.

“빨리 사고 수습 지원 요청해!”

시속 200킬로미터가 넘게 속력을 높인 덕분에 암행순찰차는 다시 페스티나를 따라붙을 수 있었다. 강태식은 점차 속도를 줄이며 페스티나의 현재 속도를 추측했다. 속도계가 190킬로미터를 가리키고 나서야 비로소 차간거리가 비슷하게 유지되었다.

시속 190킬로미터.

사고 발생 시 생존율이 사실상 0퍼센트에 수렴하는 속도였다. 더욱이 새로 개통한 동해고속도로 구간이 머잖아 끝나고 삼척과 속초를 잇는 기존 구간이 시작된다는 점도 압박을 가해왔다. 구도로는 신도로와는 차량 통행량이 비교할 수 없을 정도로 많아 정체가 자주 일어나곤 했다. 예기치 못한 사고나 변수가 발생해 갓길까지 막히기라도 하면 대형 참사는 피할 수 없었다. 난감하기 그지없었다.

***

"선생님, 선생님! 무사하십니까?"

[괜찮아요!]

"속도가 더 빨라진 거죠?"

[옆 차와 충돌을 피하느라 액셀을 밟았는데, 속도가 떨어지지 않고 있어요!]

"지금 속도가 어떻게 됩니까?"

[190킬로미터요!]

"연료는 얼마나 남았습니까?"

[20킬로미터 정도요!]

불행 중 다행이었다. 동해고속도로 기존 구간에 접어들더라도 갓길로 최대 5킬로미터 정도만 더 무사히 달릴 수 있다면 연료가 모두 소진되어 차량이 멈출 것이라는 계산이 섰다. 다른 뾰족한 방법이 있는 것도 아니었다.

"선생님, 계획대로 가겠습니다. 조심해서 계속 길 따라 가세요."

[네!]

"정체 구간을 맞닥뜨리면 갓길로만 달리세요. 도로 통제가 이뤄지고 있으니 장애물은 없을 겁니다."

[알겠습니다!]

정태진은 마른침을 삼켰다. 이제 더 이상 할 수 있는 일은 없었다. 연료를 모두 소진할 때까지 달리게 한다는 계획이 무모한 시도였는지, 아니면 단 하나의 정답인지 밝혀질 순간이 임박했다. 부디 한 시간 가까이 이어진 행운이 마지막까지 이어지길 바랄 뿐이었다.

"정태진 경정님?"

뜻밖의 상황이 벌어진 건 바로 그때였다.

갑작스레 종합상황실에 울린 전화를 받은 하승재 경장이 사색이 된 채 정태진을 바라보았다.

"…… 전화 좀 받아보십시오."

"지금 상황 안 보여? 나중에 걸라고 해!"

"그게…… 감찰관입니다."

"감찰관?"

촌각을 다투는 위급 상황에 감찰관이라니. 얼른 머릿속에 떠오르는 이유가 없었다. 그러나 무시할 수는 없었다. 퉁명스러운 목소리가 수화기를 타고 정태진의 고막을 울렸다.

[고속도로 순찰대 소속 정태진 경정 본인 맞아요?]

"그렇습니다만……."

정태진은 당당하게 답했다. 잘못한 게 없으니 갑작스러운 감찰도 두려울 게 없었다. 그런데 생각지도 못한 추궁이 이어졌다.

[급발진 피해자와 나눈 대화를 외부에 유출하거나 유출을 시도한 적 있습니까?]

"네?"

[급발진 피해자와 나눈 대화를 별도로 녹음해 제3자에게 건넨 적이 있는지 물었습니다.]

"이봐요! 지금 무슨 소릴 하는 겁니까?"

[말 돌리지 말고요. 있습니까, 없습니까?]

"사람 목숨이 걸려 있는데 그딴 짓을 할 여유가 있겠어요? 직접 찾아와서 여기 상황이나 보고 묻든가! 사람이 말이야!"

정태진은 더 들을 필요도 없다는 듯 역정을 내며 전화를 일방적으로 끊어버렸다.

"와, 감찰관을 상대로…… 겁도 없으십니까?"

"상황판이나 봐! 또 전화 오면 이번엔 받지 말고!"

“그런데 갑자기 무슨 일일까요? 한창 바빠 죽겠는데 감찰은 뭐고 대화를 유출했느니 마느니…… 뭔가 불길한데요?”

정태진도 이해가 되지 않기는 마찬가지였다. 그러나 이 시점에서 감찰이 착수된 전후 맥락은 중요하지 않았다. 우선순위에 둬야 할 문제도 아니었다. 지금 가장 중요한 건 급발진 피해자들의 무사 귀환이었다.

하지만 상황은 그의 생각처럼 흘러가지 않았다.

[야, 정태진이!]

정태진은 또다시 예고 없이 전화를 걸어온 무뢰배가 누군지 알 수 없었다. 계급도, 이름도 밝히지 않은 채 다짜고짜 자신을 불러대는 그의 행태가 혼란스러웠다. 하지만 상대방이 하인태 경찰청장이라는 걸 깨닫는 순간 머릿속이 멍해졌다.

[너, 대체 무슨 짓을 하고 다니는 거야?]

“네?”

[감찰관 전화도 그냥 끊어버렸다고? 너, 뭐 하는 새끼야?]

바짝 날이 선 하인태 경찰청장의 일갈이 종합상황실에 울려 퍼졌다.

[똑바로 말해라. 너, 태산자동차 차동주 회장하고 나눈 대화 몰래 녹취해서 외부에 유출했어, 안 했어?]

"그게 무슨 말씀이십니까?"

[했어, 안 했어?]

감찰관에 이은 하인태의 추궁에 정태진은 당혹스러웠다. 자신의 신변에 생각지도 못한 일이 벌어졌음을 직감했다.

"그런 적 없습니다!"

[확실해? 그런데 왜 너랑 피해자가 나눈 대화가 버젓이 유튜브에 나돌고 있지?]

"뭐라고요?"

금시초문이었다. 하인태 경찰청장이 무슨 말을 늘어놓는 건지 전혀 알 수가 없었다.

[옆에 누구 있어? 바꿔봐!]

울며 겨자 먹기로 전화를 넘겨받은 하승재는 깊이 숨을 들이쉰 뒤 답했다.

"충성. 하승재 경장입니다."

[야, 확실해? 피해자 대화 외부에 유출하는 거 너 봤어, 못 봤어?]

"쭉 같이 있었습니다만, 절대로 그런 사실 없습니다!"

[진짜야? 너도 한패 아니야?]

“아닙니다! 믿어주십시오!”

[하, 젠장…….]

더 이상 참을 수 없었던 정태진이 다시 전화기를 빼앗아 들었다. 쓸데없는 해명에 시간을 허비할 여유 따위는 없었다.

“청장님, 일단 전화 끊어도 되겠습니까? 한시가 급합니다. 빨리 사고 모니터링을 해야 합니다.”

[모니터링은 무슨. 현 시간부로 정태진이 너는 구조 작전에서 손 떼.]

“네? 그게 무슨 말씀이십니까?”

[제7지구대에서 인계받아 진행할 테니 그만 손 떼라고!]

“안 됩니다! 촌각을 다투는 상황입니다. 인수인계할 시간 자체가 없어요!”

[지금 경찰청장의 명에 불복하겠다는 거야, 뭐야?]

분노가 치밀었다.

대체 어떤 상황이기에 차동주 회장의 대화 유출이 자꾸 거론되는 건지 이해가 가지 않았다. 그러나 지금까지 아슬아슬하게 지켜온 급발진 차량의 안전을 우선시해야 한다는 생각이 커졌다. 일촉즉발의 상황에서 제대로 인수인계가 이뤄질지도 의문이었다. 결국 정태진은 본능이 시키는 대로 행동하기로 했다.

"죄송합니다, 청장님. 징계는 나중에 받겠습니다."

정태진은 하인태 경찰청장의 전화를 끊어버렸다. 옆에서 지켜보던 하승재의 입이 딱 벌어지고 말았다.

13. 실체

이메일의 발신자가 스로틀이라는 걸 알게 된 박준필은 바짝 긴장이 되었다. 태산자동차를 뒤흔든, 어쩌면 차동주 회장이 탄 페스티나 급발진 사태의 원흉일지도 모를 존재와 처음으로 접촉하는 순간이었다.

안녕하세요, 기자님. 제 이름은 한장식입니다.

이토록 정체를 순순히 밝히는 복수자라니.

박준필은 홀린 듯이 메일에 적힌 검은 글자들을 탐독하기 시작했다. 어떠한 내용을 접하더라도 놀라지 않겠다고 다짐했지만, 그 각오는 이내 부서졌다.

전 태산자동차 때문에 모든 걸 잃은 사람입니다.
전 10년 전 발생한 커서스 급발진 사고의 피해자입니다.

놀라움은 충격으로, 충격은 다시 경악으로 바뀌었다.
전혀 예상치 못한 사연이 그를 기다리고 있었다.

비극적인 사고로 전 온 가족을 잃었습니다. 원인은 자동
차 급발진이었습니다.
하지만 태산자동차는 급발진을 인정하지 않고 오로지 운
전자의 실수로 몰아갔습니다.
할 수 있는 모든 걸 다 했습니다. 하지만 힘없고 나약하다
는 이유로 태산자동차는 눈 하나 깜짝하지 않았습니다.
그래서 복수를 계획했습니다. 태산자동차 회장 정도 되는
사람에게 급발진의 공포를 심어주기로 작정했습니다.
태산자동차 회장이 탄 차에서 급발진이 일어났다는 사실
을 모두에게 알리고 싶었습니다. 그래야 사람들이 경각심
을 가질 거라고 생각했습니다.
영덕 제2공장 준공식을 맞아 기자들에게 제보했습니다.

단 하나의 기사라도 나온다면 복수는 성공이었습니다.

하지만 태산자동차의 저항과 힘은 상상 이상이었습니다. 일간지의 (실명조차 언급되지 않은) 인터넷 기사가 전부였고 그마저도 금세 삭제되었습니다.

10년에 걸쳐 준비한 복수를 실패하고 싶지 않습니다. 그러나 희망은 점차 사그라들고 있습니다. 부디 기자님이 정의감과 용기를 겸비한 분이길 바랄 뿐입니다.

한 글자 한 글자에 응축된 분노가 여실히 전해졌다. 손가락에 피를 내 쓴 듯한, 뼈에 사무칠 정도로 처절한 스로틀의 사연은 소름이 돋을 정도였다.

박준필은 깨달았다.

태산자동차가 처한 위기는 생각보다 깊고 치명적이라는 것을. 그리고 이번 급발진 사태에 자신이 직접적인 원인을 제공했다는 사실을.

벌써 10년이 흘렀지만, 그 사건의 기억은 마치 어제 겪은 일처럼 선명했다.

급히 포털 사이트에서 '커서스 급발진'이라는 키워드로 검색을 한 박준필은 당시 사고를 다룬 기사들 중 가장 상단에 출력된 제목을 클릭했다.

[심층분석] 한순간에 일가족 잃어⋯ 커서스 급발진 의심 사고 피해자들

한장식 가족이 태산자동차의 대형 SUV인 커서스에 탑승한 것은 2015년 7월 15일 오전 9시 25분경이었다.

당시 차량에 탑승했던 사람은 한장식(62)과 아내 박민희(56), 장남 한종수(34)와 맏며느리 진은채(31), 손녀 한지민(1), 그리고 막내아들 한은혁(15)까지 총 6명이었다.

손녀의 첫돌을 축하하기 위해 바다로 떠난 가족 나들이는 예상치 못한 참사로 이어졌다. 출발한 지 30분이 지났을 무렵, 내비게이션을 따라 나들목에 진입하려던 한 씨는 차량에 발생한 이상 현상을 감지했다. 분명 브레이크를 밟았음에도 가속도가 붙기 시작한 것이다.

당황한 한 씨는 다시 있는 힘껏 브레이크를 밟았으나 상황은 개선되지 않았다. 엔진이 폭주하는 사이 자동차 속도계는 이미 90킬로미터를 넘어섰다. 아찔하기 그지없는 상황 속에서도 한 씨는 다른 차들과의 충돌을 피하기 위해 필사적으로 핸들을 꺾었다. 모두가 패닉에 빠졌지만 한 씨는 초인적인 집중력으로 차를 몰았다. 추후 수거된 블랙박스에 담긴 비명은 당시 상황이 얼마나 처절했는지 보여준다.

운은 오래가지 못했다. 아슬아슬한 곡예 운전이 이어진 시간은 불과 15초.

일가족을 태운 커서스는 끝내 앞서가던 화물차 후미에 충돌했다. 이날 사고로 탑승자 중 4명이 그 자리에서 숨졌고 한 씨는 중상을 입었다. 뒷좌석에 앉아 있던 아들 한은혁만이 경상에 그치는 천운이 따랐다.

하루아침에 가족을 잃은 한 씨는 스스로 목숨을 끊으려 했으나, 막내아들만 두고 홀로 세상을 떠날 수 없었다. 그는 사건을 공론화하기로 작정했다.

급발진.

운전자의 의지와 별개로 차량이 미쳐 날뛰어 급가속을 이어가는 현상.

한 씨는 급발진이 아니고서야 당시 상황을 설명할 길이 없다고 여겼다.

사고가 벌어진 지 한 달여 만인 2014년 8월 22일. 한 씨는 커서스 제조사인 태산자동차를 상대로 형사소송을 제기했다. 급발진 현상으로 가족을 잃게 한 대가를 치르게 하겠다는 의도였다.

그러나 현실은 냉혹했다. 소송은 태산자동차의 승소로 끝이 났다. 커서스에서 급발진이 발생할 수 없다는 기술적

근거 때문이었다. 사고 차량에 장착된 각종 센서 데이터를 기록하는 장치인 EDR(Event Data Recorder)에서 한장식이 브레이크를 밟은 흔적이 발견되지 않은 점이 결정적인 정황증거였다. 아울러 급발진을 주장하는 운전자 대부분이 60대 이상의 고령이며 액셀과 브레이크를 착각한 오조작이 대부분이라는 점도 판결에 영향을 미쳤다.

한 씨는 포기하지 않았다. 그러나 급발진을 인정한 판례가 전무하다는 현실이 그를 압박했다. 1년 뒤 열린 항소심에서도 재판부는 한 씨의 주장에 부합하지 않는 판결을 내렸다. 마지막 희망을 걸었던 대법원에서도 결과는 달라지지 않았다. 그는 가족의 목숨을 앗아 간 원인이 급발진이라고 목 놓아 주장했지만, 법원은 인정하지 않았다. 결국 그는 아무런 배상도, 사과도 받지 못했다.

14. 조작

"…… 충돌 직전까지 액셀을 밟은 기록이 EDR에 없다
고?"

박준필 전무는 미간을 찡그렸다. 그는 급발진 피해를
주장하는 커서스 사고의 현황을 파악하러 국립과학수사
연구원을 찾은 직원에게서 보고를 받은 참이었다.

난감했다. 기록 분석에 따르면, 한장식은 사고 당시 액
셀을 밟지 않았다. 브레이크를 밟은 기록 역시 없었다. 흔
히 급발진 현상을 겪은 피해자들은 브레이크가 딱딱하게
굳어 밟히지 않는다는 증언을 하곤 하는데, 국립과학수사
연구원 역시 이와 같은 이유로 브레이크 조작 기록이 남

지 않은 것으로 추정했다. 커서스 급발진 의심 사고를 페달 오조작에 따른 사고, 또는 고령의 운전자 탓으로 몰아갈 수 없다는 의미였다.

'만약 커서스 급발진 사고가 공식적으로 인정된다면⋯⋯?'

끔찍한 일이었다. 태산자동차는 물론 자동차 업계가 입을 피해는 산정 불가일 정도로 막심할 게 자명했다. 가만히 있을 수 없었다. 자신을 믿고 태산자동차 커뮤니케이션센터장이라는 막중한 임무를 맡겨준 차강태 회장을 실망시키고 싶지 않았다.

박준필은 청와대 민정수석을 맡고 있는 진홍원에게 전화를 걸었다.

"형님. 접니다, 준필이. 잘 지내시죠?"

[여, 박 전무. 오랜만이야. 태산자동차로 옮겼다는 얘기는 들었다. 회장님 잘 계시고?]

"정정하십니다. 조만간 한잔하셔야죠."

[그래 너 본 지도 오래됐다. 간만에 회포 풀어야지. 그나저나 무슨 일이야? 대낮에 술 먹자고 연락한 건 아닐 테고.]

박준필은 굳은 표정으로 본론을 꺼냈다.

"저희 태산자동차 차량 한 대가 말썽을 피웠어요. 뉴스 보셨죠? 커서스 급발진 의심 사고. 국과수 조사 결과를 방금 받아서 봤는데, 아쉬운 게 있더군요."

[아쉬운 거?]

"국과수 EDR 자료에 사고 피해자가 액셀과 브레이크 모두 밟지 않은 걸로 나와 있네요."

[그렇다는 건…….]

박준필은 단호하게 말했다.

"형님이 힘을 좀 써주십시오."

[무슨 소리야?]

"국과수 조사 결과, 그대로 내면 파장이 클 겁니다. 적당히 마사지 좀 해주세요."

[마사지? 나더러 농간을 치라는 거냐?]

"농간이라뇨? 당치도 않습니다. 국과수 결과를 모두 알리지 말라는 것도 아닙니다. 그저 한 가지 사실만 외부 발표가 나지 않도록 힘을 써달라는 겁니다."

수화기 너머에서 한숨 소리가 들려왔지만 박준필은 이를 무시한 채 말을 이어갔다.

"형님, 피해자가 액셀을 밟지 않았다는 사실만 살짝 가려주십시오."

[준필이 너…… 사실을 왜곡하라는 거야?]

"왜곡이라니요. 제가 말씀드리는 건 왜곡이 아니라, '미발표'일 뿐입니다. 언론 발표 때 액셀을 밟지 않았다는 사실만 빼달라는 겁니다."

국립과학수사연구원이 급발진 피해 주장자가 액셀을 밟지 않았다는 EDR 기록을 숨기면 커서스 급발진 의심 사고는 여느 고령 운전자가 일으킨 다른 사고들처럼 액셀과 브레이크를 혼동한 결과라는 인식을 대중에게 심어줄 수 있었다.

이러한 '프레임'을 만드는 것이 박준필의 목표였다.

"형님, 저희 회장님께서 이번 일 굉장히 심각하게 지켜보고 계십니다."

[…….]

"우리가 남입니까? 태산자동차가 현 정부 출범을 위해 적잖은 후원금도 냈는데, 이대로 은혜를 저버리실 겁니까?"

[…….]

"이번 일만 잘 해결되면 형님도 손해 볼 건 없을 겁니다. 아시다시피 차강태 회장님은 은혜와 원수는 반드시 되돌려주시는 분 아닙니까?"

사흘 뒤, 국과수 조사 결과가 언론에 공표되었다. 급발진 의심 차량인 커서스의 EDR을 분석한 결과 사고 운전자가 브레이크를 밟은 기록이 없다는 사실만이 세상에 알려졌다.

태산자동차 커뮤니케이션센터가 사전에 교감해둔 주요 일간지들이 일제히 해당 사실을 보도하면서 커서스 급발진 의심 사고는 고령 운전자의 페달 오조작으로 인해 발생한 사고라는 인식이 확산되었다. 사람들은 여느 급발진 사고처럼 운전자를 욕하며 물고 뜯기 바빴다. 억울함을 토로한 피해자는 기자회견을 열어 자신의 실수가 아니라고 호소했지만, 철저히 여론의 외면을 받았다.

커서스 급발진 사고는 그렇게 매듭지어진 줄 알았다.

하지만 아니었다.

작용이 있으면 반작용이 있기 마련이었다.

'이 사람은 태산자동차 때문에 각성했구나. 오로지 복수심 하나만으로 여기까지 온 거야……!'

박준필은 덜컥 겁이 났다. 이 모든 사태가 자신 때문에 벌어진 일이라는 걸 깨닫자 감당하기 힘든 충격이 밀려왔다. 한장식이 느꼈을 분노와 참담함, 그리고 통탄함이 어느 정도일지 감히 짐작할 수 없었다. 오죽 억울했으면 목숨을 내건 도박까지 해야 했을까. 인간적인 안타까움마저 들었다.

하지만 되돌리기에는 너무 멀리 왔다. 이미 10년이라는 시간이 흘렀다. 자신의 행동 때문에 벌어진 모든 일을 밝히고 참회할 마음은 없었다. 만약 그렇게 한다면, 기다리는 미래는 파멸뿐이었다.

그렇다면 결론은 하나뿐이었다.

10년 전 커서스 급발진 사고를 무마시킨 것처럼, 이번에도 한장식의 복수를 불발시켜야 했다.

'한장식은 마치 페스티나 급발진 사태를 단독으로 벌인 일처럼 위장했지만 그건 절대 불가능해.'

냉정을 되찾은 박준필은 한장식의 수를 하나하나 복기해보았다.

급발진 현상을 야기하는 문제부터 유튜브 실시간 스트리밍으로 방송 중인 스마트폰을 페스티나에 몰래 숨기는 행위까지…….

외부인인 한장식 혼자서는 이런 일들을 할 수 없었다.

'조력자, 그것도 내부 조력자가 필요하다.'

유튜버 스로틀의 정체가 밝혀진 지금, 의문의 퍼즐 조각들이 맞춰지기 시작했다.

박준필은 한 사람을 떠올렸다.

처음부터 의심을 하지 않았던 바로 그 사람.

절대로 관련이 없을 것이라 확신했던 그 사람.

가설은 세웠고 이제 그것을 증명할 때였다.

박준필은 마지막 퍼즐을 맞추기로 했다.

[또 왜요? 회장님 구하려고 최선을 다하는 중이라니까!]

하인태의 목소리에는 숨길 수 없는 짜증이 섞여 있었다. 그러거나 말거나 박준필은 더 강하게 다그쳤다.

"신원 조회 좀 해주세요. 지금 당장."

15. 메시지

참혹한 교통사고를 목격한 여파였을까.

차동주는 손에 쥔 스마트폰이 연신 진동을 토해내고 있다는 걸 뒤늦게 깨달았다. 부재중전화는 5통, 문자메시지는 10건 넘게 도착해 있었다. 발신자는 모두 박준필 부사장이었다. 차동주는 바로 전화를 걸었다.

[무사하셨군요. 지금부터 스피커 모드로 바꿔주십시오. 절대 경찰이 들어서는 안 됩니다.]

박준필의 어투는 부탁보다는 명령에 가까웠다. 하지만 심상치 않은 기류를 감지한 차동주는 군소리 없이 차세연의 전화기를 음 소거로 돌리게 한 뒤, 자기 휴대폰을 스

피커 모드로 전환했다. 이윽고 박준필의 무거운 목소리가
페스티나 안을 휘감았다.

[한태수 씨, 지금 어디쯤 달리고 있습니까?]

갑작스레 지목된 한태수가 룸미러로 차동주와 차세연
을 살피며 답했다.

"곧 삼척을 지납니다."

[삼척이라……. 잠시 후면 연료가 고갈되겠군요.]

"네."

[그나저나 한태수 씨, 혹시 원래 이름이 한은혁 맞습니
까?]

정적이 흘렀다. 침묵을 긍정으로 읽은 박준필이 말을
이었다.

[한태수 씨, 태산자동차 커뮤니케이션센터장으로서 먼
저 진심으로 사과의 말씀을 전합니다. 10년 전 발생한 커
서스 급발진 사고 피해자시죠?]

"……."

[유튜버 스로틀, 아니 한태수 씨 아버님께 전말을 전해
들었습니다. 속사정을 듣고 눈물이 흘렀습니다. 10년 동
안 얼마나 고통 속에 사셨습니까. 얼마나 원통하면 페스
티나에 급발진을 일으켜 모두에게 알리겠다는 복수 계획

을 다 세웠겠습니까. 저는 감히 상상조차 못 하겠습니다.]

차동주의 표정이 딱딱하게 굳어졌다. 차세연도 놀라 손으로 입을 가렸다.

지금까지 자신과 딸의 목숨을 구해준 은인으로 알고 있었던 사람이 이번 사고를 일으킨 원흉이었다니.

믿기 힘든 사실이 방금 막 공유된 것이다.

[제 이름을 걸고, 아니 함께 계신 차동주 회장님의 이름을 걸고 약속드리겠습니다. 그동안의 마음속 상처, 저희가 최선을 다해 어루만지겠습니다. 오늘 발생한 일에 대해서도 일절 책임을 묻지 않겠습니다.]

“……”

[생환을 위해 최선을 다해주십시오. 그렇게만 해주신다면 태산자동차는 할 수 있는 모든 일을 다 할 것입니다. 약속드립니다.”

긍정도, 부정도 하지 않는 사이 불편한 공기가 페스티나 안에 들어찼다.

모두를 질식시켜버릴 듯한 긴장감에 치를 떨던 차동주는 불현듯 발견했다. 룸미러에 비친 한태수의 비웃는 얼굴을.

“…… 말씀 다 하셨습니까?”

　한태수의 목소리는 급발진 위기에서 주인을 지키겠다고 다짐한 충성스러운 운전기사의 것이 아니었다. 가면을 벗고 진면목을 드러낸 복수자의 그것 자체였다. 한태수가 룸미러로 차동주를 노려보았다.

　"회장님, 그동안 기분이 어떠셨습니까?"

　"기분?"

　"급발진이 일어난 차에 타고 계신 소감이요. 심장이 오그라드는 심정이셨습니까?"

　"그게 무슨……!"

　"뉴스로만 접한, 나와는 무관할 줄 알았던 급발진 현상을 한 시간 가까이 겪어보니 어땠는지 묻는 겁니다."

　"이봐!"

　"처음 계획을 세울 때 고민 많이 했습니다. 급발진을 일으키자마자 큰 사고를 낼까, 아니면 계속 달려 겁을 줄까."

　"너……!"

　"커서스 급발진 사고 기억하십니까, 회장님? 일가족 다섯 명이 죽은 사고인데 모르시진 않겠죠. 제가 그때 살아남은 막내아들입니다."

　"……."

　"할 수 있는 건 다 했어요. 재판도 받았고 제보도 했습니다. 하지만 바뀌는 건 없었어요. 당신네는 집요하고도 철저하게 우리 가족을 파괴했어요. 숨도 못 쉬게. 당하고 나서야 깨달았죠. 내가 할 수 있는 건 복수뿐이라고."

페스티나가 거친 엔진 소리를 뿜어냈다. 헤드업 디스플레이에 출력된 속도계는 어느새 210킬로미터를 가리키고 있었다.

"대한민국은 돈만 있으면 최고지? 안 그래요? 회장님 목숨 하나 구하겠다고 그 난리들이라니!"

[한태수 씨!]

"하지만 말이에요, 이대로 핸들을 틀면 어떻게 될까요? 응? 말해보세요, 회장님."

[한태수 씨, 제발 진정하세요!]

"진정하게 생겼어요? 10년간 기다린 보람을 이제야 만끽하고 있는데!"

차동주는 한태수를 직접 채용했던 1년 전의 자신이 원망스러웠다. 그때는 그저 실력 좋은, 끼 넘치는 대회 우승자 출신의 카레이서인 줄로만 알았다. 마음속에 저런 비수를 숨겼으리라고는 전혀 상상조차 할 수 없었다.

[한태수 씨! 저와 얘기합시다! 우리 모두가 만족할 수 있는 방안을 찾아봅시다!]

한태수는 주행차로를 달리는 자동차들을 단숨에 추월한 뒤 입을 열었다.

"먼저 묻죠. 차동주 회장이 탄 페스티나에서 급발진이 발생했다는 내용을 다룬 기사나 영상이 지금까지 몇 건이나 나왔습니까?"

[그건……!]

"제가 알기로 단 한 건도 없어요. 그나마 겨우 하나 나왔는데 금세 내려갔죠. 태산자동차의 진실 은폐 실력은 정말 혀를 내두를 정도네요."

[한태수 씨!]

"난 태산자동차가 한사코 틀어막으려 했던 메시지를 원합니다."

[메시지요?]

"모든 급발진 피해자에게 보내는 메시지랄까요. 세상 억울하게 죽어간, 그러나 철저히 무시된 모든 피해자를 위한 메시지."

한태수는 차분해진 목소리로 말을 이었다.

"박준필 부사장님. 태산자동차 차동주 회장님이 탄 페스티나에서 급발진이 발생했다는 사실을 세상에 알리세요. 그러지 않으면 이 차, 전복시킬 겁니다."

[한태수 씨!]

"내 말이 허풍 같아요? 이 차, 5분은 더 달릴 수 있습니다. 죽이거나 살리기를 결정하기엔 충분한 시간이죠."

[극단적인 생각 말아요! 기사는 나중에도 낼 수 있잖아요!]

"헛소리 작작 해! 그동안 당한 게 있는데 그딴 거짓말에 또 넘어갈 거 같아?"

참다못한 한태수가 막말과 함께 최후통첩을 날렸다.

"박준필 부사장, 당신이 직접 기사를 내요. 태산자동차 차동주 회장이 탄 차에서 급발진이 발생했다고. 재벌 회장이 탄 차에서도 급발진이 일어날 수 있다고."

백척간두의 위기 속에 차동주의 뇌리를 가장 먼저 스친 건 드넓은 영덕 제2공장이었다. 태산자동차의 새로운 심장, 글로벌 자동차 회사로 도약하기 위한 성장 동력이 눈앞을 아른거렸다. 가장 아름답게 빛나야 할 오늘이 끝 모를 나락으로 처박히고 있었다.

16. 지렁이

“…… 엄마?”

한은혁은 꿈을 꾸는 줄 알았다. 깨어나려고 해도 깨어날 수 없는 그런 악몽.

분명 온 가족이 함께 차에 탔는데, 옆에 앉아 있던 엄마가 어느 순간 흔적도 없이 사라졌다. 검붉은 액체와 본래 무엇이었는지 가늠할 수 없는 파편 조각들만이 흩어져 있을 뿐이었다. 유난히 파랗고 구름 한 점 없는 하늘이 대조를 이뤘다.

한은혁은 병원 중환자실에서 눈을 떴다. 의사는 2주 동안 혼수 상태였다고 했다. 불의의 사고가 있었고 생존자가 자신과 아버지뿐이라는 사실을 전해 들은 그는 또다시 혼절했다. 한은혁이 현실을 받아들이는 데는 한 달이라는 시간이 더 소요되었다.

한은혁은 가족을 앗아 간 교통사고가 사회적으로 굉장한 논란을 불러일으켰다는 걸 뒤늦게 알게 되었다. 아버지가 억울함을 호소하다가 거짓말쟁이로 몰렸다는 사실까지도. 아버지는 일가족을 죽음으로 몰고 간, 액셀과 브레이크를 혼동했으면서도 급발진을 주장한 뻔뻔한 고령 운전자로 난도질당해 있었다.

퇴원 이후의 삶 역시 순탄하지 않았다.

아버지는 포기하지 않았다. 법정 공방을 시작했고 여론전을 벌였으며, 급발진 피해자들과 연대를 시도했다. 하지만 법정에서 패소하고 나서는 태산자동차에 유리한 여론이 지속되었으며, 급발진 피해자들과의 연대는 오래가지 못하고 분열되다 결국 와해되었다. 태산자동차가 피해자 연대 구성원에 개별적으로 접촉해 비밀 유지 계약을 맺고 금품 등의 보상을 제공했다는 확인되지 않은 소문도 나돌았다.

대법원이 태산자동차의 편을 들어준 항소심 판결을 확정했을 때, 아버지는 태산자동차를 향한 모든 공세를 마침내 포기했다. 커서스 급발진 사고 발생 2년 만이었다. 아버지가 열어볼 수 있는 '비단 주머니'는 더 이상 남아 있지 않았다. 패잔병의 말로가 그러하듯, 2년간의 싸움에서 패배한 아버지에게 남은 건 아무것도 없었다.

"이름 바꾸고 싶어."

상처뿐인 일상으로 돌아가기 전, 한은혁은 개명하겠다는 의사를 밝혔다. 은혁이라는 이름에 튄 혈흔을 지우고 싶었다. 같은 무게의 고통을 공유하고 있었던 탓일까. 아버지는 말리지 않고 개명을 허락했다.

그렇게 한은혁에서 한태수가 된 날, 작지만 놀라운 변화가 일어났다. 사고의 트라우마로 버스나 기차 같은 대중교통조차 타지 못했던 그는 개명한 날 씻은 듯이 두려움을 극복했다. 개명은 이름만이 아닌, 자신의 모든 걸 바꾸겠다는 각성 의지의 표명이자 그것이 실체화된 행위였다.

고등학교에 진학할 무렵, 한태수는 카레이서를 꿈꾸기 시작했다. 막연한 신기루 같은 꿈이 아니었다. 급발진이 야기한 트라우마는 상당 부분 극복했지만, 언제 어디서 발생할지 모를 급발진으로 인해 사랑하는 누군가를 다시 잃을 수 있다는 공포는 여전했다. 카레이서가 되는 것은 그 두려움을 근원적으로 해소하기 위한 대비책이었다.

‘운전을 완벽히 할 수만 있다면 급발진 상황을 겪더라도 그날의 악몽이 재현되지는 않을 거야.’

한태수는 유능한 카레이서가 되기 위해 밑바닥부터 실력을 다졌다. 레이싱 카트부터 시작해 단계별 라이선스를 취득하며 자격을 쌓아갔다. 위험하다며 처음에는 반대하던 아버지도 하나뿐인 막내아들의 열망을 꺾을 수는 없었다.

한태수의 재능은 생각보다 뛰어났다. 입문 1년 만에 처음 참가한 대회에서 입상하며 ‘고교 유망주’로 카레이싱계에 이름이 오르내릴 정도였다. 고등학교를 졸업하고 성인이 된 후에도 그는 각종 대회에서 호성적을 거두며 커리어를 다졌다.

그러던 어느 날.

한태수는 마음 깊이 잠자고 있던 감정을 발견했다. 처음에 겨자씨만큼 작던 욕망은 날이 거듭할수록 커져 어느새 몸뚱이를 온통 잠식할 정도로 커졌다. 그것은 오랫동안 잊고 지냈던 복수심이었다. 표적은 자신과 아버지의 삶을 송두리째 바꿔놓았으나 한마디 사과도 없이 진실을 은폐하는 데 급급했던 태산자동차였다.

‘아버지는 실패했지만 나는 젊으니 분명 기회가 올 거야.’

근사한 계획도 떠올랐다. 태산자동차 고위 임원의 운전기사로 취업한 뒤 급발진을 연출하고 공포감을 선사한 후 이를 외부에 알리겠다는 대담한 계획이었다.

"절대 안 된다, 절대로."

한태수의 생각을 처음 들었을 때 아버지는 결사반대했다. 죽은 사람은 기억에 묻고 산 사람은 앞으로의 삶을 살아야 한다는 이유에서였다. 이제 겨우 카레이서로 자리 잡은 아들이 복수 따위는 접어두고 평안한 삶을 살기를 아버지는 진심으로 바랐다.

하지만 한태수는 집요했다. 아버지의 반대를 무릅쓰고 끝내 카레이서가 되겠다는 뜻을 관철시켰듯, 이번에도 안전하면서 성공적인 복수를 할 수 있다는 계획으로 아버지를 설득할 수 있을 거라 믿었다.

기어코 한태수는 아버지에게 태산자동차 고위 임원이 아닌, 회장의 운전기사가 된다면 허락하겠다는 절반의 승낙을 받아냈다. 사실상 불허였다. 태산자동차 회장이라면 이미 수행 기사가 있을 것이고, 설령 자리가 난다 하더라도 새파랗게 어리고 경험 없는 운전기사를 쓸 리 없다는 게 아버지의 판단이었다.

그러나 한태수의 생각은 달랐다. 충분히 해볼 만한 도

박이라고 여겼다. 차동주 회장은 불과 쉰이라는 젊은 나이에 회장직을 맡고 있다는 점이 그가 주목한 공략 지점이었다.

그해, 태산자동차가 후원하는 자동차 경주 대회에서 우승컵을 들어 올린 한태수는 소감을 묻는 리포터의 질문에 이렇게 답했다.

"카레이서의 삶도 좋지만요, 전 태산자동차를 이끄시는 차동주 회장님 같은 분의 수행 기사가 되는 게 진정한 꿈입니다. 농담 아니구요. 꼭 연락주세요. 기다리겠습니다."

엉뚱하고도 파격적인 '구직' 소감은 매스컴을 통해 대대적으로 보도되었다. 그로부터 일주일 뒤, 거짓말처럼 태산자동차 비서실로부터 연락이 왔고 한태수는 차동주 회장 전속 수행 기사로 특채되었다. 복수를 위한 첫 단추를 성공적으로 꿴 것이다.

***

"…… 꼭 해야겠니?"

아버지는 여전히 내키지 않아 했다. 하지만 한태수는 이제 와 돌이킬 마음은 눈곱만큼도 없었다.

태산자동차를 겨냥한 복수 계획은 다음과 같았다.

차동주가 탄 자동차에 급발진을 일으킨 뒤, 몰래 숨긴 스마트폰 등을 활용해 아수라장이 된 차량 내부 상황을 실시간 스트리밍으로 중계한다.

조력자가 그 영상으로 별도의 증거 영상을 만든 뒤 유튜브에 배포하고 주요 언론에 전파되도록 한다.

차강태의 일가에도 영상을 보내 내부 분열을 유도한다.

언론 기사 등으로 관련 소식이 확산되면 목적이 달성된 걸로 보고 급발진 상황을 해제한다.

"그 계획은 문제가 너무 많아 보인다."

임의로 차량 급발진을 일으킬 방법이 없을뿐더러, 설령 가능하다 해도 그걸 어떻게 해제할지가 의문이라는 것이었다. 또한 아무리 훌륭한 카레이서라도 경기장이 아닌, 온갖 변수가 출몰하는 일반 공도에서 10분 넘게 주행하는 건 불가능하다는 지적이 이어졌다.

"영덕 제2공장 근처 동해고속도로 새 구간이 곧 개통돼요. 초반에는 달리는 차들이 많지 않아 운이 따르면 30분도 넘게 달릴 수 있을 거예요. 그리고 급발진은……."

한태수의 '급발진' 계획을 들은 아버지의 표정이 한층 어두워졌다.

"급발진 상황을 꼭 생중계할 필요가 있어? 일단 영상만 확보하고 나중에 기자들에게 전달해도 되잖아?"

아버지의 또 다른 지적에 한태수는 고개를 가로저었다.

"생중계로 소식을 전해도 장담할 수 없어요. 이미 봤잖아요? 그놈들이 어떻게 여론을 통제하는지를요. 나중에 기사를 내려고 하면 태산자동차가 어떻게든 묻으려고 할 거예요."

"……."

"죄책감 가질 것 없어요. 우리는 그저 메시지만 주려는 거예요. '급발진 사고는 누구에게나 일어날 수 있다. 당신도 예외가 아니다. 차동주 회장님.' 이게 전부라고요."

"……."

"저만 믿어요. 아무도 죽지 않고, 다치지 않아요. 아버지는 아버지 일만 잘해내면 돼요. 어려운 일도 아니잖아요? 유튜버 스로틀 씨?"

한태수는 영덕 제2공장 준공식을 디데이로 잡았다. 100여 명의 기자들이 현장을 찾는 이날이야말로 메시지를 내기에 안성맞춤이었다. 가슴이 두근거렸다. 커서스 급발진 사고 이후 장장 10년 만에 태산자동차에 '작은 어퍼컷'을 날릴 수 있는 날이 찾아온 것이다.

거사 당일, 생각지도 못한 변수가 발생했다. 차동주와 함께 페스티나에 오른 외동딸 차세연을 본 한태수의 낯빛에 어둠이 드리웠다. 도살장에 끌려 나온 소처럼 죽상을 하고 있는 그녀에겐 죄가 없었다. 죄가 있다면 급발진 사고 피해를 깡그리 무시한 태산자동차의 후계자라는 것뿐이었다. 차세연에게 급발진의 공포를 심어주는 건 새로운 피해자를 낳는 일이 될 수 있었다.

그러나 천금 같은 기회를 날릴 수도 없었다. 계획대로만 풀린다면 차세연이 다칠 일도 없을 거라 판단했다.

한태수는 영덕 제2공장 준공식이 진행되는 동안 마지막 준비를 마쳤다. 재킷 안쪽에 유튜브 실시간 스트리밍으로 현장 영상을 내보낼 스마트폰을 숨겼고, 의심받거나 생중계 계획이 틀어질 경우를 대비해 여분으로 준비한 스마트폰 두 개를 페스티나 안에 숨겼다. 하나는 차량 매트 밑에, 다른 하나는 대시보드 겉면을 뜯어 안에 넣어두었다. 복수는 깔끔하고 이상적으로 끝날 것이라 믿어 의심치 않았다.

17. 목숨의 무게

"여보세요? 제 말 들립니까?"

정태진이 페스티나와의 교신 불량을 인지한 건 1분 전이었다. 아무리 동해고속도로 상황을 설명해도 답은 돌아오지 않았다.

"이거, 아무래도 전화기를 '음 소거'한 모양인데요? 말소리는커녕 잡음조차 들리지 않잖아요."

정태진의 미간이 찌푸려졌다. 지금과 비슷한 정황은 여러 번 있었지만, 이렇게 길게 이어진 적은 처음이었다. 촌각을 다투는 시점에 소통이 끊긴다면 자칫 대형 참사로 이어질 수 있었다. 이런 상황에서 믿을 수 있는 존재는 페스티나를 뒤쫓고 있는 강태식뿐이었다.

"암행 하나, 지금 상황이 어떻게 되는지?"

[암행 둘, 뒤쫓고 있는데 무슨 일인지?]

"아까부터 피해 차와 교신이 되지 않는다. 각별히 주의 바람."

[예투. 눈 크게 뜨고 보겠다.]

****

[박준필 부사장, 당신이 직접 기사를 내요. 태산자동차 차동주 회장이 탄 차에서 급발진이 발생했다고. 재벌 회장이 탄 차에서도 급발진이 일어날 수 있다고.]

한태수의 요구사항을 들은 박준필은 깊은 신음을 토해 냈다. 외통수였다. 차동주 회장이 탄 페스티나가 급발진을 일으켰다는 사실은 어떤 대가를 치러서라도 막으려 했던 진실이었다. 강주일보에서 속보로 낸 이니셜 기사조차 '전쟁'까지 불사하며 덮었는데, 그걸 다시 풀어버린다면 쓰나미처럼 모든 걸 휩쓸어버릴 게 뻔했다.

'그렇게 되면 태산자동차는 걷잡을 수 없는 내홍에 빠지고 말겠지.'

　다만 차동주 회장과 차세연을 살릴 수만 있다면 한태수의 요구는 수용 가능했다. '개똥밭에 굴러도 이승이 낫다'는 속담처럼 그룹 안위보다 중요한 게 회장 일가의 목숨이었다.

　하지만 새로운 의문이 고개를 치켜들었다.

　'기사를 낸다 해도 정말 살려준다는 보장이 있을까? 게다가 이미 급발진을 일으킨 페스티나를 멈춰 세울 방법이 과연 있긴 한 건가……?'

　만약 기사는 기사대로 나고 차동주 회장까지 불귀의 객이 되어버린다면 태산자동차는 회생 불가한 피해를 볼 가능성이 컸다. 바로 이것이 한태수, 아니 한은혁이 진정으로 원하는 시나리오일 수도 있다는 우려가 들었다.

　'내가 차동주 회장이라면 어떤 선택을 해야 할까.'

　도저히 답을 내릴 수 없는 질문이었다. 하나뿐인 목숨을 걸고 하는 도박 테이블에 강제로 앉게 된 그의 심정이 어떨지 상상이 되지 않았다.

　그때였다.

　[박준필 부사장?]

　수화기 너머에서 들려온 차동주 회장의 목소리는 바싹 마른 돌덩이처럼 물기가 전혀 느껴지지 않았다.

"말씀하십시오."

[지금부터 박 부사장이 해줘야 할 일이 있다.]

기사를 내라고 할 것인가. 박준필은 언론사에 배포할 입장문 초안을 이미 구상해둔 뒤였다. 최대한 짧고도 간결하게.

금일 태산자동차 차동주 회장이 탄 페스티나 차량에 결함이 나타나 현재 확인 중에 있습니다.

예상이 빗나갔다.

[수단과 방법을 가리지 말고 오늘 일 안 새게 막아.]

결연하고도 또렷한 목소리였다. 죽음을 목전에 둔 상황에서 자신과 딸의 목숨보다 그룹의 안위를 택한 차동주의 결정에 박준필은 감히 첨언할 수 없었다.

"…… 알겠습니다."

***

"이게 내 답이다."

차동주는 한태수를 매섭게 노려보며 내뱉었다.

죽음? 두려웠다.

그러나 목숨보다 중요한 가치가 있기 마련이었다. 차동

주에게는 태산자동차가 바로 그랬다. 선대 회장부터 이어져온 태산자동차의 명맥을 자기 손으로 끊을 수는 없었다.

"한태수, 네가 바라는 일이 일어나진 않을 거다. 설령 내가 오늘 죽더라도 말이야."

묵직한 공기가 페스티나 안을 짓눌렀다. 차동주는 눈을 감았고, 한태수는 헛웃음을 지었으며, 차세연은 머리카락을 잡아 뜯었다.

"아니야, 이건 아니야. 아빠! 기사를 왜 안 내!"

딸은 아버지의 팔을 잡고 마구 흔들었지만 소용없었다. 결국 차세연은 반응이 없는 차동주 대신 한태수에게 애원했다.

"진정해요. 지금까지 잘 달려왔잖아요! 우리 조금만 더 달려요! 그리고 문제를 같이 해결해요! 절대 사고 내지 말아요!"

"……."

"미안해요. 나, 정말 몰랐어요. 아저씨 마음이 그렇게 다쳤는지 몰랐어요. 진작 나서지 못한 거 사과할게요. 하지만 알았잖아요? 그러니 같이 해결해요, 네?"

"늦었어요. 이건 아무도 도와줄 수 없는 문제예요."

"늦지 않았어요. 늦었다고 할 때가 가장 빠르다고 하잖아요! 내가 책임질게요. 급발진 문제, 공론화할게요!”

“세상은 그렇게 만만하지 않아요. 순진한 저는 열다섯 살 때 이미 죽었어요. 세연 씨, 미안해요.”

한태수의 표정은 차갑고 단호했다. 페스티나는 날 듯이 속력을 올렸다. 210, 220, 230, 240……. 이제 시간도, 연료 도 얼마 남지 않았다.

18. 슈마허

[…… 기사를 내요. 태산자동차 차동주 회장이 탄 차에서 급발진이 발생했다고. 재벌 회장이 탄 차에서도 급발진이 일어날 수 있다고.]

갑자기 페스티나에서 전해진 음성에 정태진은 깜짝 놀랐다. 방금 전까지 교신을 나눴던 운전기사의 목소리가 틀림없었다. 하승재도 다급히 속삭였다.

"이게 다 무슨 소리죠?"

정태진은 입술에 손을 가져간 뒤 페스티나에서 전해지는 대화에 귀를 기울였다. 뒤늦게 음 소거가 해제된 것으로 추측되는 가운데, 극도로 긴장된 내부 상황이 종합상황실까지 고스란히 전파되었다. 전후 사정은 알 수 없었지만, 심상치 않은 대화가 오가는 것으로 미루어볼 때 피해자들이 처한 상황은 매우 심각해 보였다. 때마침 들어온 강태식의 무전이 누구도 돌이킬 수 없는 파국의 전주곡처럼 들렸다.

[암행 둘. 목표물 속력이 미쳤다. 240킬로미터는 돼 보이는데.]

"암행 하나. 변수가 생겨서 공유한다."

[뭔지?]

"페스티나 운전자가 차량을 전복시킬지 모른다는 첩보."

[확실한가.]

"탑승자들이 동요하고 있다. 의도적으로 사고를 낼 가능성이 높아 보인다."

[난감하군.]

정태진은 떼어지지 않는 입을 억지로 열었다.

"…… 현재로서는 암행 둘이 해결해야 하는 상황으로 보인다."

[방법이 전혀 없는 건 아닌데.]

"그게 뭔지?"

[목숨을 걸어야 하는 일이긴 한데, 한번 시도해보겠다.]

귀를 의심했다. 강태식은 평소 과격하긴 해도 목숨을 함부로 운운하는 부류가 아니었다.

[암행 둘, 혹시 잘못되면 한 계급 특진 꼭 책임지고 해주길 바람.]

***

"…… 이 차로 부딪쳐서 세우실 겁니까?"

무전을 옆에서 듣고 있던 김은호 경장이 물었다. 그의 목소리에는 긴장한 기색이 역력했다. 강태식은 어색한 웃음과 침묵으로 긍정의 뜻을 밝혔다. 김은호의 추측대로 강태식은 암행순찰차로 추돌을 유도해 페스티나를 강제로 멈춰 세울 작정이었다. 시속 200킬로미터에 육박하는 두 쇳덩이가 부딪는다면 어떤 일이 벌어질지 아무도 장담할 수 없었지만 다른 방법은 없었다.

무모하기만 한 계획도 아니었다. 경찰 사건 자료집에 따르면 브레이크 고장에 엔진 화재까지 발생한 차량을 순찰차가 후방 추돌을 유도해 멈춰 세운 사례가 있었다. 물론 당시 사고 차량의 속도는 시속 100킬로미터에 불과했지만, 강태식은 이 정도 속도 차이는 자신의 실력으로 극복할 수 있다고 여겼다. 아니, 그렇게 믿어야만 했다.

"안전벨트 풀어."

"네?"

"갓길에 세워줄 테니 바로 튀어 내릴 수 있게 준비하라고."

"무슨 뜻이십니까?"

"뒈질지 모르는 계획에 애꿎은 후임을 끌어들이긴 싫거든."

"그러다 페스티나 놓치면 어쩌려고요?"

"이 차 제로백이 4초대야. 충분히 따라잡을 수 있다."

하지만 김은호 경장은 안전벨트를 더욱 단단히 조여 매며 말했다.

"내리긴 뭘 내려요. 저도 끝까지 함께하겠습니다."

"야, 죽을 수도 있어!"

"형사가 칼 든 범인 앞에서 도망치는 거 봤습니까? 전선배 실력만 믿을게요."

"하, 씨……."

강태식은 이를 악물었다. 자기 하나 죽는 건 상관없었다. 하지만 앞길 창창한 후배까지 위험에 처할 수 있다는 사실이 막중한 부담으로 다가왔다. 그러나 설득할 여유가 없었다. 당장 막지 않으면 더 큰 사고가 날 게 뻔한 위기 상황이 원망스럽기만 했다.

"어이, 애인 있어?"

"없습니다."

"자식아, 네 나이가 몇 개인데 여태 애인이 없어?"

"때 되면 만들 겁니다. 갑자기 그건 왜 물으십니까."

"그냥. 이딴 농담이라도 하지 않으면 심란한 마음이 잡히지 않을 것 같아서."

"살아 나가면 까짓 거, 당장 오늘이라도 애인 만들죠."

"픽이나. 그럼 간다. 나중에 원망은 하지 마!"

속도가 급격히 올랐다. 자동차 경주에서나 볼법한 비현실적인 숫자가 강태식의 망막에 맺혔다. 점으로 보이던 도로 표지판이 순식간에 뒤로 사라질 정도였다. 한계 속도에 도달한 암행순찰차는 삽시간에 페스티나를 추월했다. 속도에 미친 '또라이' 강태식은 죽음의 위기 속에서 희열을 맛보았다. 약동하는 엔진 소리는 저명한 오케스트라가 연주하는 교향곡처럼 들렸다.

'오늘 일 끝마치면 간만에 코가 삐뚤어지게 마셔야겠군.'

이윽고 쇠와 쇠가 맞부딪치며 빚어진 소름 끼치는 소음이 고막을 타고 흘렀다. 동시에 감당할 수 없는 빛이 시야를 파고들었다. 아니, 어쩌면 어둠일지도 모를.

19. 수습

…… 오늘의 첫 소식입니다. 국내 재계 서열 3위 그룹인 태산자동차의 차동주 회장이 전날 오후 교통사고로 명을 달리한 소식이 뒤늦게 전해졌습니다. 차 회장은 속초IC 인근 고속도로에서 발생한 교통사고로 변을 당했는데요, 이 사고로 차동주 회장을 비롯해 운전사 한 모 씨 등이 현장에서 숨졌습니다. 차 회장과 동승한 딸 차세연 양은 중상을 입고 병원으로 옮겨져 치료 중입니다.

이튿날.

박준필 이하 커뮤니케이션센터 전원은 눈코 뜰 새 없이

바쁜 일정을 소화해야 했다.

굴지의 재벌 그룹 태산자동차를 이끄는 차동주 회장의 갑작스러운 죽음은 그야말로 대한민국을 뒤흔든 '빅 이슈'였다. 박준필을 비롯한 커뮤니케이션센터 임직원의 전화기는 그야말로 불이 나다시피 했다.

경찰 브리핑에서 차동주 회장의 사망 사고는 단순 교통사고로 발표되었다. 페스티나에서 발생한 급발진 의심 현상은 물론 한장식 부자가 연루되었다는 사실도 모두 은폐되었다. 박준필이 차동주 회장이 사망할 경우를 대비해 하인태 경찰청장에게 제시한 '세 번째 옵션'이 받아들여진 결과였다.

일부 매체에서는 동해고속도로 일대에 대규모 경찰력이 투입된 점, 소셜 미디어에 떠도는 페스티나 폭주 영상 등을 근거로 급발진 의혹을 제기했다. 전날 열린 영덕 제2공장 준공식 직후 차동주 회장의 것으로 추정되는 음성이 담긴 영상이 공유되었다는 소문도 퍼졌다.

하지만 영덕에 출장 온 고광혁을 비롯한 고참 기자들은 오히려 제보된 영상이 인공지능으로 조작된 가짜라는 태산자동차의 주장을 주변에 설파하면서 논란의 균형을 맞췄다. 평소 잘 다져둔 관계, 그리고 영덕에서 제공한 막대한 접대와 향응의 힘이었다.

　여기에 박준필을 위시한 태산자동차의 '보이지 않는 손'
이 개입하면서, 급발진을 의심한 기사나 게시물들이 줄줄
이 포털 사이트에서 삭제되거나 아래로 밀려났다.

　[고인의 명복부터 빕니다. 태산자동차, 오늘 정신 하나
도 없겠구먼.]

　강주일보 정찬만 편집국장의 전화를 받은 박준필의 마
음은 무거웠다. 페스티나 급발진 이슈를 처음 보도한 강
주일보는 현재 태산자동차의 명운을 쥐고 흔드는 가장 큰
위협이라고 해도 과언이 아니었다.

　"회장님 편히 가시게 도와주시죠."

　[도와주다마다. 하지만 공과 사는 구분해야 되는 거 아
이가? 지금 우리 편집국 난리 났다. 아무래도 급발진 사고
때문에 차동주 회장이 고인이 된 거 같다 안 카나. 혹시 경
찰 마사지 들어간 기가? 언론 브리핑 시점도 수상한데?]

　역시 강주일보는 예리했다. 단순한 추론으로 치부할 수
도 없었다. 강주일보 정도의 매체라면 경찰 내부 소스를
얻을 '빨대'가 한두 개가 아닐 게 자명했다. 하지만 순순히
인정할 수는 없었다.

　"국장님, 팩트 그대로 봐주시기 바랍니다."

[말이 길다, 박 부사장. 진짜 팩트면, 파보면 다 나오겠지.]

"국장님!"

[여하튼 밑에 아들이 파고 있다는 거, 미리 귀띔해주려고 전화한 기다. 우리 사이가 특별하니께.]

"꼭 그러셔야겠습니까?"

[차 회장이 고인이 되신 건 안타깝지만, 그래도 다룰 건 다뤄야 안 되겠나. 차 회장이 갑자기 도로 한복판에서 돌아가신 이유를 궁금해하는 독자들도 많을 낀데. 안 그런가? 원래 매체라는 게 국민의 알 권리를 충족해줘야 되는 기라.]

정천만이 으름장을 놓았다. 결국 박준필은 강주일보에게 내밀 수 있는 '조커' 카드를 쓰기로 했다.

"…… 정 국장님 제안, 지금도 유효합니까?"

[제안? 무슨 제안을 말하는 긴데?]

"강주일보 홍보 예산, 두 배로 증액하겠습니다. 이만하면 만족하실는지요."

[오, 그거 진짜가?]

"국장님 앞에서 어찌 감히 허언을 하겠습니까?"

[역시 우리 박 부사장! 남자답게 통이 크다 카이.]

“저희가 성의를 보였으니 강주일보도 걸맞은 배포를 보여주시죠.”

[보여주다마다. 우리 신문에서 차동주 회장의 죽음을 둘러싼 비밀이 언급되는 일은 절대 없을 기다!]

정천만의 확언을 듣고 나서야 박준필은 안도했다.

[그런데 말이다, 우리야 기사를 안 낸다 해도 다른 신문사들이 물고 늘어지면 어쩔 건데? 이미 유튜브에 퍼진 영상들도 장난 아니던데?]

“그 점은 염려 마십시오. 강주일보에서 기사만 내지 않으면 다른 곳들도 기사를 내지 않을 겁니다.”

[역시, 태산자동차 겁나 무섭네.]

급발진과 관련해 태산자동차 커뮤니케이션센터의 대응 방침은 예나 지금이나 명확했다. 바로 ‘사실무근’이었다. 확인되지 않은 소스로 보도할 경우 사자명예훼손죄에 따른 법적 조치를 취하겠다는 엄포도 함께였다. 강주일보처럼 첫날 ‘지르지’ 못한 매체들은 이러지도 못하고 저러지도 못하고 쉬쉬하다 결국 이슈를 덮었다.

유튜브 쪽에도 철통 대응을 해두었다.

박준필은 차동주 회장의 급발진 의혹을 다룬 유튜브 영상들을 일제히 신고하도록 조치하는가 하면, 태산자동차에 우호적인 언론들로 하여금 허위로 조작된 영상을 올린 유튜버들을 겨냥한 사설을 쓰도록 유도했다. 사실 여부가 확인되지 않은 가짜 영상으로 여론을 호도하는 유튜버들을 엄히 단죄해야 한다는 논조로. 수천, 아니 수백의 홍보 예산에 목을 매는 언론사들이 태산자동차가 원하는 기사를 기꺼이, 앞다퉈 내보내면서 급발진 이슈를 다룬 유튜버들의 신용도는 추락했다.

"메시지를 공격할 수 없으면 메신저를 공격해야 하는 법이지."

'철통 방어진'을 구축한 박준필도 마음에 걸리는 게 하나 있었다. 그건 스로틀, 아니 한장식이 잠적했다는 사실이었다. 하인태 경찰청장이 하루라도 빨리 그를 검거했다는 소식을 전해주길 바랐지만, 상황은 요원해 보였다.

오늘일보 사회부 박수호 기자입니다. 기사 작성이 늦어져 일단 죄송하다는 말씀드립니다.

박준필은 기자를 빙자해 또다시 한장식에게 메일을 보내보았다. 아들의 사망 소식을 접하고도 감감무소식인 그의 상태를 확인하기 위해서였다. 하지만 이미 신뢰를 잃은 탓일까. 회신은 오지 않았다.

***

"부르셨습니까."

차정학의 집무실에 도착한 박준필은 공손히 인사했다.

"어서 오세요, 박 부사장."

차정학이 환히 웃으며 박준필을 반겼다. 그는 차동주 회장이 사망한 지 일주일 만에 태산자동차의 유력한 차기 회장 후보로 거론되고 있었다. 강주일보를 비롯한 유력 언론에서, 수조 원에 달하는 막대한 상속세 문제가 있는 데다 경영 전문성이 없는 박수연 태산문화재단 이사장 체제로는 태산자동차의 미래가 어두울 것이라는 논조의 기사를 연거푸 내보낸 영향이었다.

반면 차정학은 자신이 이끈 태산모션텍의 우수한 사업 실적을 부각하는 한편, 상속세 납부 재원을 위한 로드맵을 공개하는 등 '준비된 회장' 이미지 구축에 나섰다. 태산자동차 주요 계열사 사장단 역시 하나둘 그의 편에 서면서 '차정학 대세론'은 급물살을 탔다. 그리고 차정학이 이처럼 단기간에 부상할 수 있었던 데는 박준필의 공로가 적지 않았다. 그가 물밑에서 언론들의 보도 방향을 유도하고 이끈 덕분이었다.

"박 부사장을 볼 때마다 천군만마를 얻은 기분이 듭니다."

차정학은 창밖에 비친 탁 트인 사내 부지를 바라보며 양팔을 펼쳤다.

"태산자동차는 나, 차정학 대에 이르러 눈부신 발전을 이룰 겁니다."

"꼭 그러기를 바랍니다."

"그런 의미에서 차동주 전 회장을 위한 동상을 하나 만들어줄까 합니다. 이 차정학에게 왕좌를 넘겨준 공로로?"

딱히 웃기지도 않은 고약한 농담이었다. 박준필은 차정학이 너무 일찍 축포를 터뜨리고 있는 건 아닌가 하는 우려가 들었다. 그의 회장 가도를 가로막을 변수가 아직 하나 남았기 때문이었다. 바로 차세연이었다. 페스티나 급발진 사건의 유일한 생존자인 그녀가 복귀한다면 태산자동차 후계 구도는 격랑에 빠질 가능성이 컸다.

다만, 차세연의 생사 여부는 아직까지 확인되지 않고 있었다. 그녀가 입원했다고 알려진 병실에는 의료진과 모친인 박수연 여사를 제외하면 누구도 드나들 수 없었다.

경호 인력이 24시간 상주하며 외부인의 출입을 철저히 통제했기 때문이다. 증권가에서는 하루가 멀다 하고 차세연의 생사를 다룬 지라시가 나돌았지만, 진실은 여전히 오리무중이었다.

"페스티나를 수거한 태산자동차 기술팀에서 흥미로운 사실을 하나 발견했는데, 혹시 그게 뭔지 짐작하겠습니까?"

차정학이 서류철 하나를 손에 들며 물었다.

"무엇입니까?"

"처음에는 나도 믿기지 않았어요. 하지만 거듭된 보고를 접하고 나서야 사실로 받아들이게 되었지. 나쁘지 않은 소식입니다. 우리 태산자동차 입장에서 보면 말이지요."

"무슨 소식인지 궁금해지는군요."

"본론을 꺼내기에 앞서 한 가지 묻지요. 박 부사장, 차량 급발진은 정말 존재하지 않는 걸까요?"

"글쎄요……."

의도를 알 수 없는 질문에는 모호한 답변이 바람직하다는 게 박준필이 체득한 진리였다.

"급발진, 왜 존재하지 않겠습니까. 자동차도 기계인 이상 고장은 발생할 수밖에 없어요. 잔고장이 날 수도 있고, 운이 나쁘면 엔진이 미쳐 날뛰는 급발진이 일어날 수도 있겠죠. 그건 당연한 일입니다.”

“…….”

“다만 우리는 철저히 이윤을 추구하는 기업이니까요. 급발진을 인정하고 문제 차량을 전량 리콜 조치하는 것과 급발진을 인정하지 않고 소송비용에 돈을 쓰는 것, 무엇이 더 비용이 적겠습니까?”

“당연히 후자겠지요.”

“그렇죠? 알고 보면 아주 간단한 문제입니다.”

차정학이 손에 든 서류를 건넸다.

“결론부터 말하지요. 그날 차 회장이 탄 페스티나는 급발진을 일으키지 않았어요.”

“…… 그게 무슨 말씀이십니까?”

박준필은 믿음이 부정당하는 기분이었다.

“페스티나에 기술적 결함은 없었다는 겁니다. 급발진은 애초에 없었다는 얘기지요.”

“그럼 그날 벌어진 폭주는 뭐였습니까?”

차정학의 표정이 마치 새로운 장난감을 발견한 아이처럼 변했다.

“한태수는 한 번도 브레이크를 밟지 않았습니다. 줄곧 액셀만 밟고 있었다는 거요.”

“…… 뭐라고요?”

“태산자동차 기술팀이 확보한 여러 블랙박스에서도 페스티나에 한 번도 브레이크등이 들어오지 않았던 것으로 확인됐어요. 다시 말해, 놈은 급발진이 발생한 것처럼 연출했던 겁니다.”

“그게 가능한 일입니까?”

“우승 경력도 있는 카레이서 출신이니 시속 180킬로미터를 유지하며 고속도로를 달리는 건 일도 아니었겠지요. 하여튼 배포 하나는 굉장했던 거죠.”

믿기지 않았다. 그리고 섬뜩했다. 차정학의 말이 사실이라면 한태수는 평범한 사람이라면 엄두조차 내지 못할 일을 해낸 셈이었다.

“이번 사태는 결과적으로 박 부사장을 어떻게든 끌어들이려 했던 내 선택이 틀리지 않았다는 걸 증명한 기회이기도 했습니다.”

“무슨 말씀입니까?”

“알다시피, 난 페스티나 급발진 사태를 이슈화하려 했어요. 그래야 수월하게 태산의 회장 자리에 오를 수 있을 거라 판단했으니까. 하지만 그룹에 해를 끼칠 수 있는 네거티브 기사는 막아야 한다는 입장의 박 부사장이 보인 역량과, 목숨까지 바쳐 산화한 차 전 회장의 의지를 넘어설 수는 없었지요.”

“…….”

“페스티나에서 급발진이 발생한 게 아니었고 차동주만 죽어버렸으니 결과적으로는 내게 아주 유리해졌어요. 차동주 회장의 유지를 받들어 페스티나를 성공시키겠다는 대외 메시지만 내면 되는 상황이 되었기 때문이지. 하지만 만약 그때 기사가 났다면? 나는 엉망진창이 된 태산을 밑바닥에서 다시 끌어올려야 하는 상황에 직면했을 겁니다. 결과적으로 박 부사장의 판단이 날 살린 거지요.”

박준필은 떨떠름한 미소를 지었다. 아무 상의도 없이 제멋대로 대외 메시지를 내는 차정학은 홍보 실무자 입장에서 가장 두렵고 마주하기 싫은 경영자의 전형이었다.

“페스티나가 급발진을 일으켰다는 음모론을 피우는 세력이 있다는 보고가 계속 들어오고 있는데…… 커뮤니케이션센터에서 일찌감치 싹을 잘라내야 하지 않겠어요? 내 생각에는 한태수가 액셀을 밟아 급발진을 연출했다는 사실을 알리는 게 좋아 보이는데. 어떻게, 내가 슬쩍 친한 기자들에게 흘릴까?”

“제가 내는 의견을 듣고 따를 의향은 있으신 겁니까?”

“물론. 난 항상 다양한 사람들의 의견을 듣기 위해 노력해왔어요. 박 부사장의 말이라면 더더욱.”

“그렇다면 잘 들으십시오. 차동주 회장이 작고하셨습니다. 그것도 급발진 의심 사례로요. 전력을 다해 묻었습니다만, 위태위태합니다.”

“그래서요?”

“이 와중에 사장님이 충동적으로 장작더미를 던져주면 어떻게 될 것 같습니까? 사장님 의도와 달리 삽시간에 불길이 피어올라 태산자동차를 몽땅 불태울 수도 있습니다.”

“그건 너무 비약이지 않나.”

“비약이요? 사장님 말씀대로 한태수가 액셀을 밟아 급발진을 연출했다는 사실을 흘린다고 가정해보죠. 그럼 사람들은 궁금해할 겁니다. 한태수가 왜 그런 선택을 할 수밖에 없었을까?”

박준필은 아무것도 모르는 어린아이를 가르치듯 차분히 말을 이었다.

“후속보도가 마구 터질 겁니다. 알고 보니 그는 10년 전 커서스 급발진 사고의 피해자였다더라, 복수를 위해 위장 취업까지 했다더라……. 어떠십니까. 듣기만 해도 자극적이고 관심을 끌기 딱 좋지 않습니까?”

정곡을 찔린 차정학은 입을 다물었다.

“애초에 발생하면 안 되는 일이 벌어졌어요. 사람이, 하물며 재벌 총수가 죽었는데 고객들이 태산자동차를 믿고 타겠습니까?”

“그럼 어떻게 하란 거요?”

“묻어야지요. 지금까지 했던 것처럼 차동주 회장의 죽음을 둘러싼 모든 것을 묻어야지요.”

“‘묻어야 한다’라…….”

“태산자동차가 급발진 이슈에 대응하는 가장 좋은 방법이 무엇이겠습니까. ‘기계는 완벽하고 인간은 불완전하다.’ 오직 이 논리뿐입니다. 급발진 의심 차량 중 유독 고령 운전자가 많다는, 조악하기 짝이 없는 주장을 강조해야 한다는 겁니다. 사람들의 괜한 호기심을 자극할 수 있는 장작을 던지는 게 아니라요. 무슨 말인지 아시겠습니까?”

“…… 알겠습니다.”

“추후 회장에 취임하신다면 커뮤니케이션센터에 더 많

은 예산을 배정해주시고 지금처럼 충동적인 메시지는 절대 내지 말아주십시오. 절대로요."

"예산? 무슨 예산을 더 달라는 거요?"

"언론사들의 입을 틀어막고 유튜버들의 시선을 돌릴 수 있는 '군자금'을 더 마련해달라는 겁니다."

"추가 예산이 꼭 필요합니까? 이미 커뮤니케이션센터가 1000억 원 이상 쓰는 걸로 아는데요."

"세상에 공짜가 어디 있습니까? 차 회장이 죽은 진짜 이유를 묻을 수 있었던 힘이 뭔지 아십니까? 바로 돈입니다. 언론사들을 더욱 잘 주무를 수 있는 돈! 만약 돈이 없었다면 세상은 온통 페스티나 급발진 이슈로 시끌벅적했을 겁니다."

박준필이 냉랭하게 잘라 말했다.

"홍보는 평시에 준비해야 전시 때 빛을 발할 수 있는 법입니다. 커뮤니케이션센터의 예산만 늘려주시되, 그룹의 대외 메시지와 관련해서는 일절 개입할 생각은 마십시오. 사장님은 이미 한 번 그룹을 존폐 위기까지 몰고 가실 뻔한 분이니까요."

차정학은 표정에서 노기를 감추지 못했다. 그러거나 말거나 박준필은 곧바로 집무실을 나섰다. 후회는 없었다.

지금 제대로 각인시키지 않으면 차정학은 시도 때도 없이 입방정으로 오너 리스크를 일으킬 위험한 유형의 인간이 었다. 차정학이 절대 자신을 어쩌지 못할 것이란 확신도 들었다. 여차하면 직職을 내던지면 그만이었다.

20. 원망

참사가 발생한 지 열흘이 지났지만, 정태진은 여태 심연에서 벗어나지 못하고 있었다. 사고 피해자들을 끝내 구해내지 못했다는 죄책감과 동료인 강태식 경위를 한순간에 잃었다는 우울감이 번갈아 떠올라 그를 괴롭혔다.

그러나 정태진을 가장 나락으로 밀어 넣은 건 납득하기 힘든 경찰 조직의 대처였다. 무슨 이유에선지 지휘부는 페스티나를 멈추려다 순직한 강태식 경위와 김은호 경장의 죽음을 철저히 은폐했다. 텔레비전 뉴스나 신문은 물론, 경찰 내부에서도 두 사람에 대한 언급 자체를 쉬쉬하는 분위기였다.

“명심해. 정태진 경정은 그때 일반적인 고속도로 사고를 접수받은 거야. 어디서 함부로 급발진이 발생했다는 말 따위는 꺼내지 말고. 무슨 말인지 알겠어?”

하인태 경찰청장이 직접 방문해 내린 지시를 받은 정태진은 경찰 내부에 ‘보이지 않는 손’이 작용했음을 깨달았다. 하루가 지나고 차동주 회장이 단순 교통사고로 사망했다는 뉴스를 접하고 나서야 그는 태산자동차가 경찰 조직에 압력을 가했을지도 모른다는 사실을 어렴풋이 인지했다. 일개 경정에 불과한 자신이 할 수 있는 일은 아무것도 없다는 사실이 그를 더욱 궁지로 몰았다.

바다를 정처 없이 흘러 다니는 부표가 된 듯한 참담함을 맛보던 일요일 오후.

잠든 정태진을 깨운 건 낯선 번호로 걸려온 전화였고. 다섯 통도 넘는 부재중전화에 이어 똑같은 번호가 재차 그를 호출했다. 정태진은 전화기를 부숴버리고 싶은 충동을 느꼈지만 이내 마음을 고쳐먹었다. 저토록 자신을 애타게 찾고 있는 사람이 누구인지 알아보고 싶어졌다.

[정태진 경정님 되십니까?]

전화기 너머에서 들려온 건 낯선 남성의 목소리였다. 최소 칠순은 넘은 듯한, 삶의 무게에 찌든 고충이 단번에 느껴지는 음성이었다.

"누구시죠?"

[페스티나 급발진 사고, 아시지요?]

정태진은 순간 잠이 확 달아나는 기분이었다. 애써 잊으려 했던 기억이 한순간에 되살아났다.

[전 한장식이라고 합니다. 정태진 경정님과 소통하던 운전기사 한태수의 아버지 되는 사람입니다.]

방어기제가 작동했다. 절대 급발진을 언급하지 말라는 하인태 경찰청장의 경고가 뇌리를 스쳤다.

"끊겠습니다. 전 드릴 말씀이 없습니다."

[제발 끊지 말아주십시오! 제발 부탁입니다!]

애걸에 가까운 말을 되뇌는 절절한 목소리가 정태진의 마음을 움직였다.

"…… 제 번호는 어떻게 아셨습니까?"

[자식 잃은 부모가 뭔들 못하겠습니까. 전국 팔도의 고속도로 순찰대를 쥐 잡듯이 뒤졌습니다. 다른 건 바라지 않으니 부디 제 이야기를 들어주십시오.]

그렇게 정태진도 한장식에게서 그간의 자초지종을 전해 들었다. 10년 전 발생한 급발진 사고로 모든 걸 잃어버린 일부터 한태수가 태산자동차에 합류한 이유, 그리고 그날 벌어진 페스티나 급발진의 비밀까지.

"…… 그러니까, 액셀을 밟고 있었다는 겁니까? 처음부터 마지막까지요?"

정태진은 놀라움을 금치 못했다. 도저히 믿기지 않았다. 급박했던 그날의 일은 절대 의도해서 연출할 수 있는 게 아니었다. 그러나 한장식의 진술을 거짓이라고 치부할 수도 없었다.

[우리의 계획은 거창하고 대단한 게 아니었습니다. 그저 기사 한 줄 나오게 하려던 게 다였어요. 재벌 총수가 탄 차에서도 급발진이 일어날 수 있다는 걸 세상에 알리고 싶었죠. 그래야 뭐든 바뀔 거라고 믿었어요.]

"……."

[아들은 완벽한 복수 계획이라고 절 설득했습니다. 잘만 풀린다면 누구도 다치거나 죽지 않을 거라고 했어요. 그러나 착각이었습니다. 현실의 벽은 높았습니다. 태산자동차의 대처는 상상 이상이었어요. 단 하나의 기사도 용납하지 않았습니다.]

정태진은 자기도 모르게 한숨을 내쉬었다. 한장식의 말대로였다. 그날의 진실은 철저히 은폐되었다. 현직 경찰청장까지 손에 쥐고 흔들 정도로 힘 있는 권력자들은 자신들의 치부가 드러나는 걸 허락하지 않았다.

"그렇다고 모두를 죽음으로 몰고 갈 필요는 없었잖습니까."

[맞습니다. 전 아들에게 그만두라고 셀 수 없이 외쳤습니다. 아들도 분명 약속했었어요. 계획이 불발되면 차를 세우겠다고요. 하지만 그러지 않았습니다. 그럴 수 없었던 모양입니다.]

"……."

[정말 죄송하게 되었습니다. 그러나 그 방법뿐이었습니다. 우리가 당한 고통을 알리려면 달리 길이 없었어요.]

한장식이 흐느꼈다.

[정말 죽고 싶은 마음이 드는 이유가 뭔지 아십니까? 어떻게 그날의 진실을 다룬 기사 한 줄도 나오지 않을 수가 있습니까? 저와 아들이 목숨을 걸고 만든 영상은 가짜 취급받으며 조롱받고 있어요. 단단히 잘못된 거 아닙니까?]

정태진 역시 유튜브에서 문제의 영상을 보았다. 하지만 그뿐이었다. 상부의 침묵하라는 지시를 거스를 용기가 없었던 그는 그 영상에 대해 말할 수 없었다. 한장식이 호소했다.

[그날의 참상을 담은 한 시간 분량의 전체 영상을 보내 드리겠습니다.]

"네?"

[아들과 차동주 회장이 죽기 전 마지막으로 나눈 대화 까지 담겨 있습니다.]

"어째서 직접 공개하지 않으셨습니까? 파급력이 상당 할 것 같은데요."

[이 영상마저 가짜로 치부될까 두려워서입니다. 이 영 상마저 묻힌다면 제가 할 수 있는 건 더 이상 없기 때문입 니다.]

"……."

[도와주십시오. 우리가 왜 이렇게까지 해야만 했는지, 그 메시지를 있는 그대로 알려질 수 있게만 해주십시오.]

"죄송하지만 전 도와드릴 수 있는 게 없습니다."

[경정님은 그날 벌어진 사태의 목격자이자 당사자입니 다. 경정님의 목소리는 다른 누구보다도 파급력이 클 수 밖에 없습니다.]

"……."

[할 수 있는 건 다 했습니다. 하지만 다들 기를 쓰고 외 면했어요. 아들의 죽음을 개죽음으로 만들고 싶지 않아

요. 부디 힘을 보태주십시오. 제발……]

노인의 울음은 어느새 절규로 바뀌었다. 불편해진 정태진이 목소리를 높였다.

"대체 무슨 힘을 보태라는 겁니까?"

[…… 네?]

"의도가 무엇이건 당신네 부자는 끔찍한 범죄를 저질렀어요. 그 사실에는 변함이 없습니다. 전 범행을 두둔할 생각은 없습니다."

[오죽하면 그랬겠습니까! 우리가 이렇게까지 할 수밖에 없었던 원인을 제공한 놈들은요?]

"너무하신 것 아닙니까?"

정태진은 애써 억눌렀던 분노를 참지 못했다. 한장식은 철저히 이기적인 말만 늘어놓고 있었다. 그들 부자로 인해 목숨을 잃은 사람 중에는 강태식도 포함되어 있었다. 그저 운전이 좋아 고속도로를 누비던 동기가 희생된 건 전적으로 그들의 탓이었다.

"당신네 때문에 그날 전 절친한 동료를 잃었습니다. 저도 피해자예요. 하지만 누구를 탓하거나 복수를 꿈꾸지 않습니다."

[…….]

"이런 과격한 방법이 통할 거라 생각했나요? 이건 범죄입니다!"

한장식은 죄송하다는 말만 되풀이했다. 통화는 거기서 끝났다. 무슨 이유에선지 감당하기 힘든 먹먹함이 밀려들었다. 혼란스러웠다.

정태진은 자신의 대처가 과연 옳았는지 의구심이 들었다. 무엇이 옳은 선택인지는 알고 있었다. 아니, 해답지를 본 것처럼 명확했다. 그러나 현실의 문제가 발목을 잡았다. 경찰 조직의 지시를 어기는 것이 두려웠다. 그날의 사건을 통째로 은폐하고 묻어버린 기득권의 힘이 두려웠다.

이튿날, 정태진은 뜻밖의 뉴스를 접했다.

…… 다음 소식입니다. 70대 한 모 씨가 금일 오전 8시경 태산자동차 본사 광장 앞에서 분신해 병원으로 옮겨졌으나 끝내 숨졌습니다. 목격자에 따르면 한 모 씨는 불을 지르기 전 페스티나 급발진 사태의 진상을 밝히라고 주장한 것으로 전해졌습니다. 고인은 수년에 걸쳐 태산자동차와 급발진 관련 소송을 이어왔으나 패소한 것으로 알려졌습니다. 태산자동차 측은 이와 관련해 법원에서 이미 결론이 난 사건이라며 급발진 이슈와는 무관하다는 입장을 거

듭 밝혔습니다.

정태진은 두 눈을 의심했다. 보도에 거론된 한 모 씨는 전날 자신과 통화한 한장식이 분명했다. 그가 아니고서야 태산자동차 앞에서 분신자살이라는 극단적 선택을 할 사람은 세상에 없었다.

'내가 무슨 짓을 저지른 거지……?'

정태진은 아무것도 먹지 못하고 마시지도 못했다. 한장식의 자살을 방조했다는 죄책감이 사무쳤다. 분노도 치밀었다. 한장식이 죽음으로써 알리려 한 메시지마저 짓밟은 태산자동차에 대한 분노였다.

새벽이 되자 정태진은 차를 몰고 무작정 달렸다. 심야의 고속도로에 진입한 그는 속도를 높였다.

100, 110, 120, 130, 140, 150, 160…….

아찔한 굉음이 차창을 때렸다. 단 수 초의 질주만으로 감당할 수 없는 공포가 밀려왔다. 정태진은 브레이크를 밟았다. 마침내 차가 완전히 멈춰 선 뒤에도, 그는 한동안 브레이크에 올린 발을 떼지 않았다.

'강태식, 난 대체 어떻게 하는 게 맞는 거냐…….'

상황이 잘못되면 한 계급 특진이나 신경 써달라는 강태

식의 농담 섞인 마지막 한마디가 정태진의 머릿속을 떠나
지 않았다. 이미 먼 길을 떠나버린 동기에게서 소주나 한
잔하자는 연락이 올 것만 같았다.

21. 정의의 사도

“…… 기자회견?”

페스티나 급발진 사고가 발생한 지 한 달이 지났다.

박준필은 뜻밖의 보고를 받았다. 태산자동차 차동주 회장 사망사고의 진상을 밝히겠다는 기자회견이 다음 주에 열릴 것이라는 내용이었다.

“주최자가 누구야?”

“정태진 경정이라는 경찰입니다. 페스티나 급발진 사고 당시 차동주 회장님과 교신을 했다고 주장하고 있습니다.”

기자회견 안내문을 확인한 박준필의 얼굴에 수심이 깃

들었다. '손톱 밑의 가시' 같은 상황이었다. 당시 차동주 회장 측과 직접 교신을 나눴다는 경찰관이 공개 석상에 나타난다면 귀찮은 문제가 불거질 가능성이 없지 않았다. 기자회견을 예고한 그가 얼마나, 어디까지 정보를 쥐고 있는지 확인할 방법이 없다는 점도 신경에 거슬렸다.

'정의의 사도라도 되고 싶은 건가……?'

물론 순순히 당하고 있을 박준필이 아니었다. 하인태 경찰청장을 통해 기자회견 자체를 무산시키도록 압박을 가하는 한편, 참가할 의향이 있음을 내비친 매체의 규모를 파악한 뒤 친분이 있는 곳에는 직접 연락을 돌려 기자회견을 보이콧하도록 종용했다. 명분으로는 고인이 된 차동주 회장의 명예에 먹칠을 하는 허무맹랑한 음해 공작에 놀아나서는 안 된다는 논리를 내세웠다.

***

[대체 어쩌려고 그러세요?]

정태진이 하승재의 연락을 받은 건 기자회견 안내문을 매체들에 배포한 지 한 시간도 안 돼서였다.

[근신하라는 상부 지시 잊으셨어요? 왜 여기저기 들쑤

서서 화를 자초하십니까?]

후배의 목소리에 묻어난 책망과 다급함을 어렵지 않게 읽어낸 정태진은 피식 웃으며 대꾸했다.

"왜, 하인태 경찰청장이 날 떠보라고 시키든?"

[그게…….]

하승재가 말꼬리를 흐렸다. 정태진도 더는 추궁하지 않았다. 상부의 지시를 따르지 않을 수 없는 하승재의 처지를 누구보다 잘 이해하기 때문이었다. 자신과 달리 철저히 숨으려는 하승재를 책망하고픈 마음도 없었다. 지금부터 하려는 싸움은 매우 외롭고 고된 길이었다. 직을 걸어야 할 도박에 후배까지 끌어들이고 싶지 않았다.

"연극 같아서?"

[연극이요?]

"진실을 알고 있는 사람들이 하나같이 가면을 쓰고 모르는 척하는 역한 연극. 난 그 가면, 못 쓰겠다."

["경정님…….]

"너도 같이 들었잖아? 그 사람들은 피해자야. 하지만 모두가 욕하고 손가락질하고 있어."

[아니요, 거기까지만 해요. 왜 기자들이나 할 일을 선배가 하려는 건데요?]

“너, 차동주 회장이 급발진 때문에 죽었다는 뉴스를 하나라도 본 적이 있어?”

하승재는 이번에도 아무 대답을 하지 못했다.

“태산자동차가 모든 걸 뒤에서 조종하고 있어. 기자들도 다 똑같은 놈들이야. 다 한통속이라고.”

기사 한 줄 나오지 않는다며 비통해하던 한장식의 목소리가 뇌리를 스쳤다.

“그리고 승재야. 만약 상부에서 말이야, 태식이 순직만 제대로 처리해줬어도 나 진짜 가만있으려고 했어. 근데 너도 봤잖아. 이거 아니잖아.”

[…….]

“태식이 죽음, 개죽음으로 만들 수 없다. 그 사람들이 죽어서까지 내려 했던 메시지를 묻히게 두고 싶지도 않다. 이게 내 결론이다.”

[아니요. 그런다고 세상이 바뀔 거 같아요? 대체 왜 화를 자초하세요?]

정태진의 메마른 목소리가 적막을 갈랐다.

“그래, 나 혼자 기자회견을 한다고 바뀌는 건 없겠지.”

[그런데 대체 왜…….]

“알잖아, 나 반골 기질 있는 거.”

[경찰청장이 가만있지 않을 겁니다. 경정님 입을 막기 위해 무슨 짓을 저지를지 모른다고요!]

“나도 각오한 일이야.”

22. 꺼진 불

"…… 정태진 경정이 예고한 기자회견에 참가 의사를 밝힌 주요 매체는 전무합니다. 예고 없이 당일에 참석하는 언론사도 있을 수 있으나, 마이너 매체 한두 군데에 그칠 것으로 예상됩니다. 큰 염려는 하지 않아도 될 듯합니다."

[수고했어요. 역시 박 부사장 일 처리는 믿음이 가.]

차정학에게 전화 보고를 마친 박준필은 회심의 미소를 지었다. 자칫 초대형 허리케인이 될 뻔했던 기자회견을 아무런 영향력이 없는 산들바람으로 축소시켰다. 혹여 기자회견을 찾은 매체들이 입장을 물어오면 내놓을 대외 메시지 역시 정리를 마친 뒤였다. 물샐틈없는 철통 방비를 구축한 것이다.

고인인 차동주 회장의 명예를 실추시키는 그 어떤 허위 주장도 태산자동차는 용납하지 않을 것이며, 민형사상 모든 조치를 취하겠습니다. 언론인 여러분들도 사실 확인을 거치지 않은 일방의 주장만을 보도하는 우를 범하지 않으시길 바랍니다.

물론 박준필은 이 같은 공식 입장을 외부에 알리는 일이 없기를 바랐다. 이번 기자회견만 무사히 넘긴다면 페스티나 사태는 사실상 종결 국면에 접어드는 것이나 마찬가지였다. 하지만 그날 저녁부터 이상 기류가 감지됐다. 내일 열릴 기자회견을 둘러싼 지라시가 퍼지기 시작하면서였다.

받은 글) 차동주 회장 사망 원인 폭로하는 기자회견에 태산자동차 핵심 관계자 참가한다고.

받) 차동주 회장 사망 원인 폭로하는 기자회견에 태산자동차 핵심 관계자 참가한다고. → 최고위 임원이라고 함.

받) 차동주 회장 사망 원인 폭로하는 기자회견에 태산자동차 핵심 관계자 참가한다고. → 최고위 임원이라고 함. → 죽은 줄 알았던 차세연(차동주 회장 딸)이 참석한다고 함. 확인 완료.

지라시 내용은 시시각각 달라졌다. 처음에는 핵심 관계자에서 최고위 임원으로, 그리고 다시 차동주 회장의 피붙이라는 표현까지 추가된 버전이 나돌았다. 종국에는 차세연이 기자회견에 함께할 것이라는 지라시까지 입수되었다. 태산자동차 커뮤니케이션센터에 기자들의 문의 전화가 쇄도하기 시작했다.

'…… 차세연!'

박준필은 눈앞이 컴컴해졌다.

만약 지라시 내용이 사실이라면 이건 보통 큰일이 아니었다.

차세연은 페스티나 급발진 사고의 유일한 생존자이자 차동주의 하나뿐인 딸이다. 그런 그녀가 태산자동차에 의혹을 제기하는 기자회견에 모습을 드러낸다?

이건 커뮤니케이션센터에서 보이콧을 유도할 수 있는 성질의 것이 아니었다. 언론사들은 그동안 두문불출했던 차세연이 전하는 단 한마디라도 기사에 담기 위해 열띤 취재 경쟁을 벌일 것이다.

그뿐만이 아니었다. 차세연의 갑작스러운 출현은 태산 자동차 회장 자리를 노리는 차정학의 계획에도 중대한 차질을 불러올 게 불 보듯 뻔했다. 산들바람이 다시 초대형 허리케인으로 커지고 있었다.

박준필은 급히 차세연의 행방을 수소문했다. 지라시에 언급된 내용의 사실 여부를 확인해야 했다. 정말 그녀가 퇴원한 게 맞는지, 기자회견에 등장하는 게 맞는지 낱낱이 파악해야 했다.

'대비를 하고 맞는 것과 그렇지 않고 맞는 건 천지 차이다……!'

그러나 차세연이 일했던 전략기획실은 물론, 태산자동차 소속 임직원 중 누구도 그녀의 행적을 알지 못했다. 병원에 입원한 차세연을 돌본 박수연 여사 역시 연락이 닿지 않는다는 점도 박준필의 속을 긁었다.

이대로 속수무책으로 당하고 있을 수는 없었다. 박준필은 결국 하인태에게 전화를 걸 수밖에 없었다.

“청장님, 위치추적 좀 해주십시오!”

[왜요, 누굴 찾으시려고?]

“차세연이요.”

[차세연이라면 차동주 회장 딸 말하는 거요? 병원에 입원했다고 하지 않았소?]

“몰래 퇴원한 것 같습니다. 당장 찾아야 해요!”

하인태 경찰청장은 난처하다는 듯이 답했다.

[당장은 어려워요. 위치추적을 하려면 판사한테 영장을 받아 와야 한단 말이오.]

“어떻게 안 됩니까? 분초를 다투는 긴급 상황이에요.”

[아무리 박 부사장 부탁이라도 가능한 게 있고 불가능한 게 있다니깐? 차세연이 대체 무슨 범죄를 저질렀기에 위치추적까지 하라는 거요?]

박준필은 말문이 막혔다. 차세연은 죄를 짓지 않았다. 그녀의 죄라면 태산자동차를 혼돈의 도가니로 밀어 넣으려 한다는 것뿐이었다.

23. 차업보국

차세연이 의식을 회복한 건 사고 발생 후 2주가 지났을 때였다. 그녀가 처음 마주한 것은 눈물에 젖은 얼굴로 자신을 끌어안고 있던 어머니 박수연이었다. 이윽고 차세연은 사고에서 목숨을 건진 건 자기 혼자뿐이라는 사실을 알게 되었다. 의료진은 천운이 따랐다고 했다. 하지만 이후 몰아친 감당할 수 없는 충격과 슬픔은 오로지 그녀의 몫이었다.

'…… 그때 아버지가 다른 결정을 내렸다면 결과는 달라졌을까?'

트라우마로 각인된 탓일까. 그날의 기억은 여전히 선명

하게 차세연의 뇌리에 남아 있었다. 급발진이 발생했다는 사실을 알리라는 한태수와 기사를 낼 수 없다는 아버지의 극한 대치. 한 치의 양보도 없는 두 사람 사이에 낀 자신의 처지까지.

그리고 기억의 끈은 어느 순간 끊어졌다.

다시 눈을 떴을 때, 그녀는 병실 침대 위에 있었다.

한태수.

레이싱 대회 우승 경력을 보유한, 아버지의 운전기사라는 사실 말고는 그에 대해 특별히 아는 게 없었다. 하지만 차세연은 이미 고인이 된 그를 떠올릴 때마다 가슴 한쪽이 아려왔다. 한태수가 끔찍한 복수를 계획하게 된 데는 자신도 어느 정도 책임이 있다는 죄책감 때문이었다.

벌써 10년 전이었지만, 그 기억은 어제 일처럼 생생하게 느껴졌다.

그것은 고등학교 3학년, 열아홉 살의 기억이었다.

***

차세연은 책과 필기구를 들고 할아버지의 서재를 찾았다.

212

온갖 고서와 사전이 가득한 이곳은 수험생인 차세연에게 최고의 공부방이었다. 차강태 회장의 서재는 다른 이들의 출입이 엄금되었지만, 차세연은 하나뿐인 손녀딸이라는 이유로 자유로이 드나들 수 있었다. 덕분에 그녀는 할아버지가 자리를 비울 때마다 서재에서 종종 공부하곤 했다.

'車業報國(차업보국).'

서재에 들어서면 가장 먼저 보이는 할아버지의 친필 휘호는 보는 이를 압도하는 기운을 풍기고 있었다. 자동차산업으로 국가와 국민에게 이바지한다는 의미를 담은 차업보국은 태산자동차의 창립 이념이자 모든 것이었다. 차강태는 자동차산업이 나라와 국민을 부강하게 만든다고 믿었고, 이러한 믿음을 주변에 설파하곤 했다. 어렸을 때부터 할아버지의 무릎에 앉아 차업보국에 대해 듣던 차세연은 자신도 할아버지와 아버지처럼 자동차산업에 투신해 국가 경제에 이바지하겠다는 꿈을 꾸었다.

'그것'을 발견하기 전까지는.

그날따라 차세연은 공부가 되지 않았다.

평소 같으면 쉽게 암기할 영단어들이 머릿속에 얼른 들어오지 않았다. 결국 다른 곳에 눈을 돌리던 차세연의 시선이 닿은 건 책상 옆에 놓인 서랍들이었다. 그것은 차세연조차도 절대 열어선 안 되는 '판도라의 상자'였다. 할아버지는 서재 출입을 허락하면서도 서랍만큼은 손대지 말라는 엄명을 내렸다.

'……딱 한 번만 살펴볼까?'

하지 말라면 더 해보고 싶은 게 사람 마음이었다. 지금쯤 할아버지는 회사에서 일하고 있을 시간이었다. 갑자기 들이닥칠 가능성은 거의 없었다.

결국 차세연은 공부가 되지 않는다는 핑계를 스스로에게 대며 할아버지의 서랍을 열어보기로 했다. '절대 손대지 말라'는 엄명이 무색할 만큼, 서랍에는 아무 잠금장치도 설치되어 있지 않았다.

'이게 다야?'

서랍 안에 있는 건 서류철 몇 개가 전부였다. 굉장히 중요한 뭔가가 들어 있을 거라고 예상했던 차세연은 실망을 금치 못했다.

하지만 고삐 풀린 호기심은 멈추지 않았다. 그녀는 조심스레 서류철을 뒤적여보기 시작했다. 안에는 할아버지가 결재한 서류들이 정리되어 있었다. 대부분은 따분한 내용이었지만 딱 하나, 차세연의 시선을 사로잡는 보고서가 있었다.

'…… 커서스 급발진 의심 사고 처리 경과 보고서?'

커서스 급발진 의심 사고는 차세연도 뉴스를 통해 알고 있던 사건이었다. 태산자동차의 주력 신차인 커서스에서 급발진이 발생해 일가족이 사망한 비극이었다. 호기심이 동한 차세연은 한 글자 한 글자 세밀히 보고서를 읽어 내려갔다.

그리고 세간에 알려지지 않은 뜻밖의 진실이 실체를 드러냈다.

'국립과학수사연구원 조사 결과 차량 결함으로 판명되었지만, EDR 발표 조작을 통해 여론을 전환……?'

보고서는 커서스 사고와 관련해 태산자동차가 위기 극복을 위해 진행한 비밀스러운 행보들이 일목요연하게 정리되어 있었다. 사고 운전자가 액셀을 밟지 않았다는 국과수 조사 결과가 나왔지만, 청와대 민정수석의 도움을 받아 해당 사실을 외부에 공표하지 않고 피해자 과실로 여론을 몰아갔다는 내용이 핵심이었다.

차세연은 그동안 자신을 지탱하던 한 줄기의 믿음이 끊어진 듯한 기분을 느꼈다. '커서스 급발진 의심 사고 처리 경과 보고서'는 공권력까지 총동원해 나약한 개인을 짓누

르려 했던 태산자동차의 어두운 이면을 드러낸 총집약체이자 증거였다.

차세연은 홀린 듯이 스마트폰 카메라로 보고서를 촬영했다.

이유는 알지 못했다.

왠지 그래야 할 것 같은 마음이었다.

그녀는 서류철을 다시 정리해 서랍에 넣었다. 누군가가 열어본 흔적이 남지 않도록 필사적으로 모양을 바로잡았다. 차업보국을 부르짖던 할아버지와 아버지의 모습이 갑자기 역하게 느껴졌다.

자신이 발견한 진실을 외부에 알릴 용기까지는 없었던 차세연은 불성실한 자세로 나름의 '복수'를 시작했다. 공부할 목적을 잃은 그녀는 대학을 졸업한 후에도 회사 업무를 배우라는 아버지의 말을 건성으로 들었다. 억지로 입사해 태산자동차 전략기획실에서 일을 시작했지만, 제대로 할 마음은 없었다.

그렇게 하루하루 의미 없는 나날을 보내던 차세연은 영덕 제2공장 준공식에서 생각지도 못한 초유의 사태를 겪었던 것이다.

'나라도 진실을 알리려는 노력을 했다면…… 결과는 달

라져을까?'

덧없는 후회라는 걸 차세연은 알고 있었다. 하지만 이렇게라도 마음을 달래지 않으면 견디기 힘들었다. 자신 역시 '방관자'였다는 사실이 그녀의 고통을 가중했다.

달라지고 싶었다.

이제라도 모든 걸 바로잡고 싶었다.

죽음의 위기를 겪은 사람이 변하듯, 차세연은 새로운 꿈을 꾸기 시작했다.

하지만 차세연이 당장 할 수 있는 건 없었다. 병원 침대에 누워 태산자동차의 권력 구도가 재편되는 과정을 두 눈 뜨고 지켜보는 게 고작이었다. 그동안 발톱을 숨겨왔던 삼촌 차정학이 태산자동차를 장악하기 위해 푼, 어머니 박수연이 지분 상속을 포기하도록 압박하는 내용의 기사들도 숱하게 보았다.

언론들은 고인이 된 차동주 회장의 지분 상속 1순위가 차세연이지만, 생사가 불분명하고 건강에 이상이 있을 가능성이 높다는 점을 강조했다. 그리고 회장직을 한시라도 비울 수 없다는 논리로 '차정학 대세론'을 부각했다.

차세연은 자신의 것을 강탈당하는 기분을 맛봤다.

모든 것을 돌이키고 싶었다.

자신도 몰랐던, 내재된 야심이 꿈틀대는 걸 자각했다.

마침내 그녀는 결단을 내렸다.

"더 누워 있지 않고!"

병실에 들어선 박수연은 멍하니 거울을 바라보고 있는 딸을 보고 깜짝 놀랐다.

"나 이제 괜찮아, 엄마."

"괜찮기는!"

차세연은 자신을 억지로 침대에 눕히려는 어머니의 손길에 순순히 몸을 맡겼다.

"뉴스 봤어, 엄마."

"……."

"마음고생 많이 했겠네, 우리 박 여사님."

농담하듯 말하는 차세연의 눈가에서 갑자기 한 줄기 눈물이 흘러내렸다. 박수연이 놀라 딸의 얼굴을 손수건으로 훔쳤다.

"왜 버텼어? 그냥 지분 상속을 포기하지 않고."

태산자동차의 미래를 위해 지분 상속을 포기해야 한다는 온갖 압박에도 어머니가 굴하지 않은 이유가 궁금했다. 박수연이 딸의 뺨을 부드럽게 어루만지며 답했다.

"당연히 버텨야지. 내 딸이 이렇게 두 눈 뜨고 살아 있는데.”

혹자는 박수연을 유약하다고 평가했지만, 차세연은 알았다. 자식에 관한 일이라면 어머니는 그 어떤 사람보다 강하다는 걸.

“네 의견을 듣지 않고 삼촌한테 지분 넘겨줄 생각은 추호도 없어. 하지만…… 솔직히 엄마는 걱정도 돼. 회사 경영에는 전혀 관심 없는 네게 괜한 부담을 지우는 건 아닐까 싶어서.”

차세연은 한동안 미소를 머금은 표정으로 박수연을 바라보다 입을 열었다.

“엄마, 죽다 살아나면 사람이 변한다고 하잖아? 그 말, 진짜더라?”

“무슨 소리니?”

“나, 아빠 지분 상속받으려고.”

“…… 진심이야?”

“응, 꼭 해보고 싶은 게 생겼거든.”

“갑자기 왜? 너 유학 가고 싶어 했잖아.”

차세연은 10년 전 할아버지의 서재에서 커서스 급발진 사고 처리 경위서를 발견하고 그로 인해 회사 생활에 대한 의지가 꺾였던 경험을 박수연에게 모두 털어놓았다.

기나긴 대화를 마친 모녀는 한동안 말없이 서로를 부둥켜안았다.

"…… 쉽지 않은 여정이 될 거야."

"이미 각오했어."

그날 이후 차세연은 병실에 칩거하며 태산자동차의 동향을 살폈다. 박수연은 달라진 딸을 기꺼이 도왔다. 페스티나 급발진 사고 당시 자신들과 소통했던 정태진 경정이 기자회견을 준비 중이라는 소식을 전해준 것도 박수연이었다.

차세연은 태산자동차가 그동안 숨겨온 진실을 세상에 알리는 이 기자회견이, 자신의 건재함을 알리는 동시에 차정학을 향한 반격의 물꼬를 틀 수 있는 기회라는 확신이 들었다.

'대세를 뒤집으려면 그만큼 강력한 한 방이 필요할 테니까.'

그녀는 박수연이 수소문해 알아낸 정태진 경정의 전화번호로 연락을 시도했다.

[누구시죠?]

차세연은 왈칵 눈물이 쏟아졌다. 생사를 넘나드는 와중에도 우직하게 살길을 열어줬던 정태진의 목소리가 감정을 건드린 탓이었다. 그녀는 급히 눈물을 닦으며 애써 괜찮은 척 입을 열었다.

"저 차세연이라고 해요. 급발진이 일어난 페스티나에 저도 타고 있었죠."

[무사했군요! 다행입니다!]

"늦었지만 감사하다는 말씀을 드리고 싶어요."

[다른 분들을 구하지 못해 송구한 마음뿐입니다. 아버님 일은 드릴 말씀이 없군요.]

"아니에요. 경정님은 정말 최선을 다하셨어요."

[말씀만이라도 감사합니다.]

차세연은 조심스레 본론을 꺼냈다.

"다름이 아니라…… 기자회견을 준비 중이시라고 들었어요."

[네?]

정태진의 목소리에는 아까와 달리 당황한 기색이 역력했다.

[…… 태산자동차 쪽 분하고 나눌 대화는 아닌 것 같군요. 아무쪼록 몸조리 잘하시길. 이만 끊겠습니다.]

"잠깐만요. 전 공들여 준비하신 기자회견이 실패로 끝날지도 모른다는 경고를 드리려고 하는 거예요."

[무슨 뜻입니까?]

"이대로라면 기자회견장을 찾아 경정님 말씀에 귀 기울이는 언론사는 한 군데도 없을 거예요."

[어째서죠?]

"태산자동차가 언론사들을 압박하고 있어요. 기자회견을 보이콧하라고 말이에요."

[그런 일이……. 그런데 그걸 제게 말해주는 이유는 뭡니까?]

"기자회견이 제대로 열리길 바라기 때문이에요."

[얼른 이해가 되지 않는데요. 차세연 씨는 태산자동차 사람 아닙니까?]

"얘기하자면 긴데…… 자세한 건 우리 만나서 이야기할까요? 꼭 드리고 싶은 말씀이 있어요. 분명 경정님께 큰 도움이 될 거예요."

약간의 침묵이 흐른 후 정태진이 승낙했다.

"통화 끊기 전에 한 가지만 여쭤봐도 될까요?"

[말씀하세요.]

"경정님은 왜 모든 걸 걸면서까지 기자회견을 여시려는 건가요?"

[양심을 지키기 위해서입니다.]

“그렇군요.”

[저도 묻지요. 차세연 씨는 왜 태산자동차에 손해를 끼칠 행위를 하려는 겁니까?]

[양심‘도’ 지키기 위해서랄까요?]

차세연은 미소와 함께 답했다.

24. 의외성

[절 찾으셨다고요?]

박준필이 차세연의 연락을 받은 건 자정 무렵이었다. 그녀의 번호로 막연히 전화를 걸어보길 수차례. 문자메시지를 보내도 회신이 없던 그녀가, 텅 빈 사무실을 홀로 지키던 박준필에게 갑자기 전화를 걸어왔다. 열 시간 뒤 열릴 기자회견의 선전포고라도 하려는 듯이.

"퇴원하셨다고 들었습니다. 건강은 어떠십니까?"

[많이 괜찮아졌어요.]

"다행입니다."

안부를 물은 박준필은 본론을 꺼냈다.

“세연 양, 혹시 내일 열리는 기자회견에 참석하십니까?”

[네.]

지라시가 사실로 확인되었다.

“그게 뭘 의미하는지 혹시 모르시지는 않겠지요?”

[잘 알아요.]

“그런데 왜……. 대체 뭘 말씀하실 겁니까?”

[뉴스에서는 전혀 다루지 않은, 제가 직접 보고 겪은 것들이요. 그리고 페스티나 급발진 사태를 둘러싼 전말까지 모두 밝히려 해요.]

박준필은 나지막이 신음을 흘렸다. 이해할 수 없었다. 그녀가 대체 왜 이런 일을 벌이려 하는지 알아야 했다. 우선 사실관계부터 바로잡기로 했다.

“혹시 알고 계실지 모르지만, 태산자동차 기술팀의 정밀 분석 결과 페스티나에서 급발진은 발생하지 않았습니다.”

[알고 있어요. 한태수 씨가 액셀을 밟아 급발진처럼 연출했다죠?]

“그 사실을 아시는 분이…… 대체 왜 이러시는 겁니까? 혹시 차정학 사장님께 복수라도 하려는 건가요? 고인이 되신 아버님 자리를 빼앗으려 들어서?"

[어떻게 생각하셔도 상관없어요.]

차세연이 의미심장한 한마디를 덧붙였다.

[참, 제 어머니를 핍박하는 기사들은 잘 봤어요. 모두 박 부사장님 작품이겠죠?]

박준필은 정곡을 찔렸지만 차세연이 짜둔 프레임에 말려들지 않았다. 차세연이 흘린 미끼를 물 정도로 호락호락하지는 않았다.

"말 돌리지 마십시오. 꼭 이러셔야 합니까? 세연 양이 하려는 일은 태산자동차를 벼랑 끝으로 모는 짓입니다. 할아버님과 아버님이 이루신 성과에 재를 뿌리겠다는 겁니까?"

[부끄러운 성과겠죠.]

"…… 네?"

잘못 들었나 싶었다. 하지만 차세연은 다시 한번 힘주어 강조했다.

[부끄러운 성과라고 했어요. 피해자의 상처를 무시하고 이용하며 짓밟아 성벽을 쌓아 올린 게 지금의 태산자동차라고 생각해요. 그리고 그 성벽은 현직 경찰청장까지 마음대로 주무를 정도로 굳건해졌죠.]

“······!”

박준필의 가슴이 철렁했다. 차세연은 태산자동차의 어두운 면모까지 샅샅이 꿰뚫고 있었다. 마냥 어리다고만 생각했던 차세연은 결코 만만한 상대가 아니었다. 이제부터 단어 선택을 신중히 해야 했다. 전략을 바꿔야 했다. 어떻게든 그녀를 회유해야 했다.

“한태수는 회장님을 죽음에 이르게 하고 차세연 양까지 크게 다치게 한 악랄한 범죄자입니다. 어째서 그런 자를 두둔하려는 겁니까?”

[······.]

“그뿐만이 아닙니다. 그날 경찰 두 명이 억울하게 목숨을 잃었어요. 한장식 부자는 명백한 테러리스트입니다. 테러리스트가 테러의 목적을 이루는 순간이 언제인지 아십니까? 건물을 폭파했을 때? 아닙니다. 폭파한 목적이 세상에 알려졌을 때입니다.”

[······.]

“저는 전력을 다해 테러리스트인 한장식 부자가 급발진 사고를 조작한 의도가 드러나지 않도록 막았습니다. 그것이 선대 회장님께서 일구신 태산자동차를 지키는 길이었습니다. 그런데도 세연 양은 그들에게 힘을 실어주겠다는 겁니까?"

[…….]

"세연 양은 아직 어리기에 정의감에 도취될 수 있습니다. 충분히 그럴 수 있어요. 하지만 아닌 건 아닌 겁니다. 이건 태산자동차를 위해서도, 세연 양을 위해서도 결코 좋은 선택이 아닙니다."

[말씀 다 하셨나요?]

차세연이 단호하게 반문했다.

[그 사람들은 테러리스트가 아니에요. 달걀로 바위를 치려 했던 불쌍한 소시민들이었을 뿐이죠. 만약 10년 전 커서스 급발진 사고가 발생했을 때 태산자동차가 최소한 그들의 아픔을 위로하고 정당한 보상을 했다면 이런 참극은 벌어지지 않았을 거예요. 그렇지 않나요?]

차세연이 10년 전에 발생한 커서스 급발진 사고를 입에 올리자 박준필은 다시금 위축됐다. 대체 그녀가 무슨 폭탄을 터뜨리려는지 가늠할 수 없었다.

"10년 전 커서스 참사가 정말 급발진 때문이라고 확신할 수 있을까요? 요즘 급발진 사고라고 주장하는 사례를 보면 노령의 운전자가 액셀과 브레이크를 착각해 사고를 내는 경우가 대부분입니다. 당시에 한장식 씨도 자신

의 실수를 인정하지 않고 기계 결함 때문에 생긴 일이라
고 믿었던 것뿐입니다.”

[맞아요. 급발진을 주장한 운전자의 대부분은 고령층이
었죠. 하지만 한장식 씨의 커서스 급발진 사고는 경우가
달랐어요.]

“어째서입니까?”

[그것은 조작되었으니까요.]

박준필은 귀를 의심했다. 커서스의 EDR 조작을 주도했
던 그였다. ‘조작’이라는 단어는 절대로 차세연의 입에서
나와서는 안 되는 표현이었다.

‘설마 커서스 사건의 실체까지 파악하고 있나? 아니야,
그럴 리가 없어.’

과거를 곱씹는 사이, 예상치 못한 정적이 흘렀다. 이를
깨뜨린 건 차세연이었다.

[전 급발진이 발생했는지 여부를 문제 삼으려는 게 아
니에요. 중요한 건 왜 한태수 씨가 목숨을 걸고 차를 모
는 수밖에 없었는가. 왜 그들이 그렇게까지 할 수밖에 없
었는가. 그 메시지를 전하는 게 핵심이라고 생각해요.]

“……!”

[그 사람들이 극단적으로 행동할 수밖에 없었던 이유,

태산자동차가 통째로 묻어버린 진실을 공개할 거예요. 목
숨까지 내걸며 외치려 했던 메시지를 저는 묻히게 둘 수
없어요. 제게는, 그날의 진실을 증언할 권리와 의무가 있
어요.]

"세연 양!"

[내일 기자회견을 기대하세요. 아주 재미난 사실들이
나올 테니까요. 특히 박 부사장님에게는 더더욱.]

통화는 거기서 끝이 났다.

뭔가가 크게 잘못되고 있었다.

25. 진실

페스티나 급발진 사고의 진실을 알리는 기자회견이 국회의사당에서 열렸다. 이번 기자회견은 정태진 경정과 급발진 사고 피해자들의 모임, 그리고 태산자동차의 차세연이 주축이 되어 마련한 자리였다.

본격적인 기자회견에 앞서 정태진은 태산자동차가 주장한 '가짜 영상'이라는 논리를 반박하는 세 가지 증거를 제시했다.

첫 번째는 한장식이 사망 전 보내온 한 시간 분량의 전체 영상.

두 번째는 유튜버 조민석이 목숨을 걸고 촬영한 영상의

편집본.

마지막으로 고속도로 순찰대가 보관하고 있던 차세연의 스마트폰, 그리고 당시 통화 내용을 담은 원본 음성 파일이었다.

"안녕하십니까, 저는 고속도로 순찰대 소속 정태진 경정입니다."

정복을 갖춰 입은 정태진은 다소 긴장한 얼굴로 기자들 앞에 섰다. 발 디딜 틈 없이 빽빽하게 몰린 기자들을 본 정태진은 절로 눈시울이 붉어졌다.

지금 이 자리에 선다는 것이 어떤 의미인지, 그리고 앞으로 어떤 감당할 수 없는 미래가 기다리는지 모르는 바가 아니었다. 특히 전날까지 이어진 하인태 경찰청장의 회유와 협박은 형언할 수 없을 정도였다.

그러나 정태진은 양심을 지키기로 했다. 목숨을 바쳐 참사를 막고도 소리 없이 묻혀버린 강태식 경위와 김은호 경장의 명예를 되찾기 위해. 그리고 자신마저 침묵한다면 영원히 세상에 메시지를 남길 수 없는 한장식과 한태수 부자의 넋을 기리기 위해.

"여러분, '칠링 이펙트'라는 말을 아십니까? 과도한 외부 압력으로 인해 의견 표출이 억제되는 현상을 뜻합니다. 태산자동차가 연루된 급발진 의심 사고와 이를 대하는 언론의 태도를 보면, 이보다 더 적절한 표현이 있을까 싶습니다.

저는 오늘, 페스티나 급발진 사태의 진실을 가리기 위해 태산자동차와 유착한 경찰 조직의 부패를 밝히고 그걸 도려내고자 이 자리에 섰습니다.

차동주 회장의 목숨을 앗아 간 원인은 분명 급발진이었습니다. 그러나 동시에, 급발진이 아니기도 했습니다.”

순간 기자회견장이 긴장감으로 가득 찼다. 정태진은 당시 페스티나를 운전한 한태수가 어떤 방법으로 급발진을 연출했는지, 그리고 왜 그가 끝까지 액셀에서 발을 떼지 못했는지를 설명했다. 그들 부자가 10년 전 발생한 커서스 급발진 참사의 생존자들이었다는 사실도 공개됐다. 정태진의 말 한마디 한마디가 끝날 때마다 기자들의 키보드를 두드리는 속도가 눈에 띄게 빨라졌다.

“할 수 있는 모든 수단이 좌절되고, 끝내 사랑하는 아들마저 잃은 한장식 씨는 여러분들도 아시는 바와 같이 태산자동차 사옥 앞에서 분신자살이라는 극단적 선택을 했습니다. 왜 그는 그런 결정을 해야만 했을까요.

전 그들을 두둔하는 게 아닙니다. 분명 그들의 방법이

옳다고 말할 순 없습니다. 그러나 전 그들이 죽음을 불사하면서까지 전하고 싶어 했던 메시지에 주목했습니다. 그리고 묻고 싶습니다. 도대체 누가 그들을 극단적인 상황까지 몰아넣었습니까. 누가 그들의 메시지를 가로막았습니까. 범인은 태산자동차와 결탁한 경찰 조직입니다.”

장내에 묵직한 공기가 가득 찼다.

“그날, 페스티나 급발진 사고 참사를 막기 위해, 전설의 레이서 슈마허와 같이 되기를 꿈꿨던 제 동기 강태식 경위와 김은호 경장이 목숨을 잃었습니다. 하지만 그 사실은 은폐되었습니다. 하인태 경찰청장을 비롯한 고위 간부진이 진실을 감추었기 때문입니다.”

장내가 술렁였다.

“한평생 몸 바쳐 지켜온 경찰이 이렇게 망가지는 걸 저는 가만히 두고 볼 수 없었습니다. 사회정의를 위해 목숨을 바친 제 동료들의 헌신이 널리 알려지고 그들의 명예가 반드시 회복되길 바랍니다.

한장식 부자가 죽음을 무릅쓰고 전하고자 했던 메시지도 함께 전하겠습니다. 이번 페스티나 사태는 단순한 사고가 아닙니다. 그동안 수없이 반복된 급발진 사고, 그로 인한 피해자들의 피로감과 사회적 무관심이 만들어낸 참극입니다. 그리고 진실을 은폐한 언론들이 공모한 합작품이기도 합니다."

정태진은 결연한 표정으로 말을 이었다.

"아시다시피 급발진 피해자들은 철저한 '을'의 위치에 놓여 있습니다. 제조사가 아닌 피해자가 사고의 원인을 직접 입증해야 하는 현실. 그저 당하고만 있어야 하는 불합리한 상황. 한장식과 한태수 두 사람은 이 끔찍한 현실에 경종을 울리고 싶어 했습니다.

물론, 그로 인해 발생한 참사는 우리 모두에게 형언할 수 없는 상처와 죄책감을 남겼습니다. 혹자는 이를 두고 '테러'라고 부르기도 합니다. 하지만 수많은 급발진 사고로 목숨을 잃은 사람들, 남겨진 유가족들의 아픔을 조금이라도 보듬었다면, 이 비극은 막을 수 있지 않았을까요? 더 이상 피해자를 만들지 마십시오."

정태진은 마지막으로 기자들을 둘러보았다.

"저도 운전을 합니다. 여기 계신 기자 여러분들도 운전대를 잡겠지요. 오늘은 무사했지만, 내일도 과연 안전할까요? 누군가는 나서야 했습니다. 오늘은 제가 나섭니다. 그리고 내일은 여러분들이 동참해주십시오."

후련했다. 마지막 한 방울까지 남김없이 쏟아냈다. 이

여정의 끝에 무엇이 기다릴지는 알 수 없었다. 하지만 이 한 걸음으로 세상을 조금이나마 바꿀 수 있다면, 충분히 가치 있는 시도라고 믿었다.

다음은 이 기자회견을 이토록 발 디딜 틈 없는 성황으로 이끈 주인공이 발언할 차례였다. 짙은 푸른색 투피스를 갖춰 입은 차세연은 조용히, 하지만 강단 있게 휠체어를 스스로 밀며 기자들 앞으로 나아갔다.

"안녕하세요, 언론인 여러분. 저는 차세연입니다. 작고한 태산자동차 차동주 회장의 딸이자, 페스티나 급발진 사고의 유일한 생존자입니다."

카메라 플래시가 쉴 새 없이 터졌다.

"아직도 잊지 못합니다. 시속 200킬로미터로 내달리던 페스티나에서 벌어진 그 모든 순간들을 말이죠. 그리고 제 아버지, 차동주 회장은 그날의 사고로 세상을 떠났습니다."

장내가 일순간 숙연해졌다.

"많은 분이 궁금해하실 겁니다. 작고한 차동주 회장의 딸인 제가 왜 태산자동차의 비리를 폭로하는 기자회견에 나섰는지 말이지요. 오늘 이 자리에서 그 이유를 소상히 밝히겠습니다.

페스티나 급발진 사고를 일으킨 한장식 부자의 비극. 그 시작은 10년 전 발생한 커서스 급발진 사고 조작에서 비롯되었습니다."

숨을 고른 차세연은 단호하게 선언했다. '조작'이라는 단어가 다시금 기자회견장을 술렁이게 했다.

"커서스 급발진 사고는 당시 아버지와 막내아들을 제외한 일가족의 목숨을 앗아 간 참사였습니다. 명백한 차량 결함에 의한 비극이었습니다. 하지만 태산자동차는 국과수에 부당한 압력을 가해 조사 발표를 조작했습니다. 이것이 당시 태산자동차가 작성한 보고서입니다."

그녀의 손짓을 신호로 전면 스크린에 '커서스 급발진 의심 사고 처리 경과 보고서'가 나타났다. 기자들이 일제히 스크린을 향해 카메라 셔터를 눌렀다. 차세연이 차강태 회장의 서재에서 촬영했던 보고서가 장장 10년 만에 빛을 보는 순간이었다.

"태산자동차는 평소에 길들여놓은 언론을 동원해 커서스 급발진 사고를 개인의 잘못으로 몰아갔습니다. 만약 그때 사고의 진실이 밝혀졌다면, 페스티나 급발진이라는 끔찍한 참사는 벌어지지 않았을 것입니다.

태산자동차가 이렇게 대담하고도 광범위한 은폐를 할

수 있었던 배경은 무엇일까요. 그것은 이른바 '태산 장학생'이라 불리는, 태산자동차를 위해 암암리에 협력해온 고위 부패 경찰과 정치 세력 덕분이었습니다. 방금 정태진 경정님도 언급한 하인태 경찰청장도 대표적인 태산 장학생 중 한 분이시죠."

정태진은 회심의 미소를 지었다. 지금 이 순간 하인태 경찰청장의 표정이 어떨지 궁금했다.

"거짓과 은폐로 쌓아 올린 태산자동차는 언제든 파도에 무너지고 말 모래성과 같습니다. '차업보국'이라는 태산자동차의 이념을 지키려면 다른 어떤 것보다도 진실성이 담보되어야 합니다. 오늘 이 자리가 태산자동차가 진정으로 변화하는 시작점이 되기를 간절히 바랍니다."

이어진 기자들의 질문 공세는 뜨거웠다. 페스티나 사고 당시의 심경부터 시작해 10년 전 발생한 커서스 사고에 대한 질문들이 쇄도했다. 특히 자동차 급발진의 존재를 인정하느냐는 물음에 차세연은 기다렸다는 듯 답했다.

"모든 기계에서는 필연적으로 이상이 발생할 수 있습니다. 자동차도 마찬가지입니다. 자동차 급발진은 존재하지 않는다는 인식, 태산자동차부터 바꾸겠습니다."

삐딱한 시선으로 바라보는 기자도 없지 않았다.

"그간 생사가 불분명했던 차세연 양이 오늘 기자회견에 직접 나선 것이 태산자동차의 후계 구도에 영향을 미치려는 의도라는 분석도 없지 않은데요. 어떻게 생각하십니까?"

차세연은 주저 없이 답했다.

"민법상 법정상속 1순위는 직계비속인 자녀로 알고 있습니다. 그리고 저는 고 차동주 회장의 유일한 독자입니다. 이걸로 제 대답을 갈음하겠습니다."

기자들은 놀란 기색이었다. 방금 차세연은 태산자동차 경영권 확보를 눈앞에 둔 차정학 태산모션텍 사장에게 선전포고를 한 것이나 다름없었기 때문이다.

"투명한 정보 공개는 물론, 비상 제어 시스템 같은 자동차 급발진 방지 기술 개발에 전력을 다할 것입니다. 정부에도 자동차 제조사와 무관한, 객관적으로 급발진 의심 사고를 조사할 수 있는 기구 창설을 제안합니다.

태산자동차를 쇄신할 것입니다. 모든 것을 원점에서 다시 검토할 것입니다. 커서스, 페스티나 급발진 사건에서처럼 억울한 운전자가 다시 나오지 않도록 새로운 반석을 쌓아 올릴 것입니다. 그럼으로써 사람들의 신뢰를 회복할 것입니다."

＊＊＊

“…… 결국 프레임이 깨졌나.”

온라인으로 기자회견을 지켜보던 박준필은 체념한 듯 시선을 내렸다.

차세연이 터뜨린 것은 그야말로 재앙 그 자체였다.

특히 10년 전, 자신이 직접 작성해 차강태 회장에 올렸던 커서스 급발진 대응 보고서가 기자회견장에서 공개되었을 때 그는 경악을 금치 못했다. 전날 차세연이 ‘기자회견을 기대하라’고 예고한 이유가 무엇 때문이었는지도 비로소 깨달았다.

‘날 노린 거였어. 정확히 나를.’

그녀가 대체 어떻게 그 문서를 확보할 수 있었는지 납득하기 어려웠다. 하지만 이제 와서 경위를 따지는 것은 의미가 없었다. 실체적 진실이 수면 위에 드러난 이상 이제부터 중요한 것은 향후의 대응이었다.

박준필은 애써 침착을 유지했다. 태산자동차 커뮤니케이션센터를 이끌며 크고 작은 위기를 수없이 헤쳐 왔다. 이번 사태 역시 반드시 극복할 수 있으리라 믿었다.

하지만 얼른 돌파구가 보이지 않았다. ‘중이 제 머리 못

깎는다'는 말처럼, 다른 누구도 아닌 자신이 도마 위에 오른 지금 상황을 이겨낼 방법이 얼른 떠오르지 않았다.

그러는 동안에도 전화기는 끊임없이 벨 소리를 토해냈다. 메시지가 쇄도했다. 사실 확인에 나선 건 기자들만이 아니었다. 차정학도 집요하게 전화를 걸어왔다. 그러나 박준필은 어떤 연락도 받지 않았다. 그들에게 무엇을 어떻게 해명해야 할지 전혀 준비가 되지 않은 까닭이었다. 결국 박준필은 조용히 전화기의 전원을 껐다.

그것이 그가 할 수 있는 유일한 선택이었다.

에필로그

언론은 차동주 회장의 죽음을 둘러싼 비밀을 앞다투어 보도했다.

10년 전 급발진 사고로 일가족을 잃은 한태수가 위장 취업을 통해 차동주 회장이 탄 차의 급발진을 연출했다는 사실은 한 편의 복수극처럼 받아들여지며 엄청난 파장을 일으켰다. 자신의 몸에 불을 질러서까지 메시지를 남기려 했던 한장식의 죽음 역시 재조명되었다. 페스티나 급발진 사건은 대한민국을 뒤집어놓은 초대형 스캔들이 되었다.

하인태 경찰청장의 말로 역시 처참했다. 페스티나 급발진 사고 당시 진실 은폐에 적극 가담했다는 사실이 밝혀

지며 그를 향한 사퇴 압박이 빗발쳤다. 결국 버티다 못해 그는 옷을 벗을 수밖에 없었다.

반면, 페스티나 급발진 사고를 막다 순직한 강태식 경위와 김은호 경장은 각각 1계급 특진이 추서되었고 유족들에게는 경찰 영웅패가 전달되었다.

"목표를 달성한 소감이 어때요?"

기자회견이 열린 지 사흘 뒤, 정태진은 차세연에게 전화를 걸어 소회를 물었다.

[후련하네요.]

"솔직히 이렇게까지 판이 커질 줄은 몰랐습니다. 모두 차세연 씨 덕분이에요."

[제가 한 게 있나요. 경정님이 깔아둔 식탁에 숟가락만 올렸을 뿐이죠.]

지나친 겸손이었다. 그녀가 아니었다면 기자회견은 아무도 주목하지 않는 헛된 외침에 그쳤을 것임을 정태진은 알고 있었다.

"이제 어떻게 할 생각입니까?"

[싸워야죠. 당분간은 시끌시끌할 거예요. 못 볼 꼴도 많이 보겠죠. 하지만 오래 걸리진 않을 거예요. 전 제가 말한 약속을 지키기 위해 전력을 다할 거예요.]

차세연은 씩씩하게 답했지만, 정태진은 그녀의 행보가 결코 순탄하지 않으리라는 것을 알고 있었다. 태산자동차의 경영권을 둘러싸고 삼촌과 조카의 대립 구도가 본격화된 가운데, 대다수 언론은 아직 20대에 불과한 차세연의 경영 능력에 의문을 표했다. 그녀가 야심차게 발언했던 모든 계획이 현실로 이뤄질 것이라 낙관하는 전망은 극소수에 불과했다.

"꼭, 뜻을 이루길 바랍니다."

하지만 정태진은 차세연의 의지를 꺾고 싶지 않았다. 그녀가 개척할 미래는 아직 아무도 결과를 모르는 미답의 세계이기에.

[경정님도요.]

그녀가 답했다.

***

"주호야, 아빠 왔다."

석 달 만에 만난 아들은 여전히 석 달 전과 같은 자세와 표정으로 박준필을 맞이했다. 텅 빈 독실 안, 하얀 침대 위에 누운 아들 박주호는 살아 있는 존재라기보다는 마치 고요한 풍경 속에서 정지된 피사체 같았다. 귀밑까지 덥수룩하게 자란 머리카락만이 아들이 여전히 살아 숨 쉬고 있다는 증거였다.

박준필은 아들의 머리맡에 앉아 오랫동안 유일한 혈육의 얼굴을 살폈다. 10년 넘게 몸이라는 감옥에 갇혀 있는, 아니, 갇혔다는 사실조차 인지하지 못할 아들을 볼 때마다 마음이 저려왔다.

닫힌 눈꺼풀이 열리거나, '아빠'라고 외치는 기적 같은 일은 일어나지 않았다. 십수 년을 식물인간 상태로 지내다가 의식을 되찾았다는, 뉴스에서나 볼 법한 일은 앞으로도 평생 일어나지 않을 것 같았다.

하나뿐인 아들, 박주호.

그는 박준필의 유일한 아킬레스건이자 눈물샘을 자극하는 존재였다. 지금처럼 아무도 곁에 남아 있지 않은 상황에서는 더더욱.

박준필은 괴로운 마음을 가누며 깊은 한숨을 내쉬었다.

'…… 10년의 고생이 허사로 끝났군.'

언론은 10년 전 태산자동차가 커서스 급발진 사고를 무마하는 과정에서 청와대 민정수석이 개입했고, 홍보기획비서관 출신인 박준필 태산자동차 부사장이 배후에 있었다는 사실까지 파헤치기에 이르렀다.

이른바 '권력형 게이트'로 비화될 조짐을 보인 것이다.

국민적 비판에 직면한 태산자동차는 결국 대국민 사과와 함께 진실을 밝히는 입장문을 게재했다. 그리고 박준필은 커서스 급발진 사고를 은폐한 책임을 지고 사의를 표명했다. 하지만 회사를 떠난다고 모든 게 해결되지는 않았다. 그는 이미 경찰의 출석 요구를 받은 상태였다.

"또 올게, 아들. 이번에는 좀 오래 걸릴지도 몰라."

박준필은 아무런 미동도, 대답도 없는 아들을 뒤로한 채 병실을 나섰다.

먹먹했다. 이제 어디로 가야 할지 이정표조차 보이지 않는다는 지독한 현실감이 그를 억눌렀다. 일터가 아닌 곳에 있는 것은 낯설었다. 잠시의 휴식이 썩 나쁘지는 않다고 자위했지만, 그런 위로도 허사였다. 자의가 아닌 타의로 일을 그만두는 고통은 상상 이상이었다. 돌이켜보니 박준필은 자신이 일을 사랑했음을 알았다. 사랑하는 연인과의 이별이 아프듯 일과의 이별도 큰 통증을 남겼다.

어쭙잖은 감상에 빠져 있을 때가 아니라는 것은 알고 있었다. 하지만 현실은 그리 녹록하지 않았다.

박준필은 겨우 차에 올랐다.

경찰이 요구한 출석일까지는 아직 일주일의 시간이 남아 있었다.

머리를 식히며 인생 3막의 계획을 구상하기에는 충분하다고 생각했다. 지난 수십 년을 쉼 없이 일해왔던 그는 이제 자신에게 약간의 쉼표를 선사하는 게 필요하다고 여겼다. 이번 위기를 극복하고 은퇴해 편안한 여생을 보내는 것도 나쁘지 않아 보였다. 이미 평생에 걸쳐 다 쓰지 못할 정도의 부를 축적한 그였다.

일단은 집으로 돌아가기로 했다. 쉬면서 다음 행보를 고민하기로 했다.

박준필은 액셀을 밟았다.

순간, 평온한 오후의 하늘이 뒤틀렸다.

차가 출발하자마자 차체가 흔들리며 "끼리릭" 하는 괴이한 소리가 고막을 긁어댔다.

RPM(Revolutions Per Minute, 분당회전수)이 급격히 올라갔다.

소름이 돋았다.

액셀을 밟지도 않았는데 속력이 점점 빨라졌다.

박준필은 지금 겪고 있는 현상이 10년 전, 자신이 직접 무마하고 은폐했던 바로 그 급발진 의심 현상이라는 걸

직감했다.

본능적으로 브레이크를 세게 밟았지만, 딱딱하게 굳어 꿈쩍도 하지 않았다.

그는 다시 한번 있는 힘껏 브레이크를 밟았다.

여전히 페달은 꿈쩍하지 않았다.

사이드브레이크를 채우고 기어를 중립으로 놓았지만, 소용이 없었다.

그는 비명을 내지르며 미친 듯이 브레이크를 밟았다.

마치 망치로 못을 찍어 누르듯이.

끝 모르고 폭주하던 자동차의 속력이 점차 줄어들기 시작했다.

도로 옆 갓길에 차를 세운 박준필은 겨우 호흡을 가다듬었다.

손바닥이 땀으로 젖어 있었다.

박준필은 하늘을 바라보았다.

참 맑았다.

작가의 말

　운전에 대한 막연한 두려움이 있었습니다. 머지않아 완전 자율 주행 시대가 열릴 거라고 핑계를 대며 자동차 운전면허 취득도 미뤘습니다. 하지만 가정을 꾸리면서 운전은 더는 미룰 수 없는, 학창 시절 방학 끄트머리에 잔뜩 쌓인 숙제 같은 게 되고 말았지요.

　늦깎이로 면허를 준비하며 자동차 관련 정보를 찾아보다가 급발진을 접하게 되었습니다. 운전자의 의지와 상관없이 자동차가 급가속하는 급발진은 초보 운전자 입장에서 가장 두려운 현상일 수밖에 없었습니다. 잊을 만하면 들려오는 급발진 의심 사고 소식은 이러한 두려움을 배가

시켰지요.

급발진은 대부분 운전자 실수로 결론나지만, 자동차도 기계인 만큼 여러 요인으로 급발진을 일으킬 가능성이 전무하다고 단정할 수는 없을 것입니다. 자동차 제조사들은 천문학적인 손해배상을 피하기 위해 급발진을 인정하지 않고 있는데요, 바로 이 대목에서 『칠링 이펙트』의 로그라인을 떠올렸습니다.

'굴지의 자동차 기업 총수가 탄 자동차에서 급발진이 일어난다면 어떤 파장이 생길까.'

아이디어를 현실성 있는 이야기로 만들기 위해서는 겹겹의 살을 붙여야 했습니다. 가령 작중 등장하는 동해고속도로 신도로의 경우 실제로는 존재하지 않습니다. 시속 180킬로미터로 폭주하는 자동차가 1시간 가까이 달리려면 탁 트인 도로가 필요했는데요, 갓 개통한 고속도로가 아니고서야 불가능하다는 판단 아래 가상의 배경을 만들게 되었습니다.

또한 재벌 총수를 살리려면 대한민국 공권력이 총동원

되어야 할 텐데, 이를 위해 기업과 공권력의 유착이라는 소재를 끌어왔습니다. 다만 흔한 전개는 피하고 싶어 기업 홍보의 시각에서 이야기를 풀었습니다. 어떻게 권력을 이용해 여론을 조성하고 언론을 틀어막는지를 보여주면서 이 소설만의 새로운 재미를 주고자 했습니다.

한 권의 책이 빛을 보기까지 많은 분들의 노력과 도움이 필요하다는 사실을 다시 한번 느꼈습니다. 부족한 글에 새로운 숨을 불어 넣어준 교보문고와 출판사 나무옆의자, 그리고 고된 육아 속에서도 창작에 전념할 수 있도록 물심양면 도와준 아내에게 감사를 보냅니다. 『칠링 이펙트』의 탄생에 결정적 역할을 한 다섯 살 세은과 세 살 태은이 언젠가 이 책을 펼칠 날이 오길 고대합니다.

칠링 이펙트

초판 1쇄 발행 2025년 12월 23일

지은이 무정영
펴낸이 이수철
주   간 하지순
편   집 최장욱
디자인 박예진
영업관리 최후신
콘텐츠개발 전강산, 최진영, 하영주
영상콘텐츠기획 김남규
제   작 서동관
관   리 진호, 황정빈, 전수연

펴낸곳 (주)픽셀앤플로우
출판등록 제2025-000171호
주소 (10449) 경기도 고양시 일산동구 호수로 358-39 동문타워1차 703호
전화 02) 790-6630 팩스 02) 718-5752
전자우편 namubench9@naver.com
인스타그램 @namu_bench

ISBN 979-11-24185-04-9 03810